FIERCE KINGDOM

GIN PHILLIPS

她的骑士男孩

江苏凤凰文艺出版社
JIANGSU PHOENIX LITERATURE AND ART PUBLISHING, LTD

［美］金·菲利普斯 —— 著　　高源 —— 译

目录

下午4点55分

有好长一阵，琼光着脚，成功地用前脚掌保持着身体平衡。她的膝盖弯曲，裙子擦过尘土。而现在她的大腿已经受不了了，于是她把一只手撑在沙地上，好让身体轻松些。

有什么东西戳到了她的髋骨。她摸到腿下，捞出了一把小小的塑料矛。那东西并不比一根手指长——这无须惊讶，因为她总是能在意想不到的地方发现小小的武器。

“你是不是丢了一把矛？”她问，“要么这个东西是一把权杖？”

林肯没有回答她，但他从她摊开的手掌上把塑料片拿了过去。他显然一直在等着她的大腿有隙可乘——他倒退了几步，舒服地在她腿上坐定，身上不带一颗沙。他是有洁癖的，因此他从不像其他孩子那样喜欢手指画。

“你想要一个鼻子吗，妈妈？”他问。

“我有鼻子啊。”她说。

“你还想要一个吗？”

“谁不想呢？”

他黑色的发卷儿需要再剪一剪了。他把额前的刘海儿拨开，落叶在他们周围旋转着舞蹈。被粗糙圆木支撑着的木质屋顶像一把大伞，完全笼罩了他们。屋顶的远方，阳光和阴影点缀着灰色的砾石，随着风儿在树丛间吹拂，光影也在交替浮现。

“我们到哪里搞到这些多余的鼻子呢？”她问。

“鼻子商店。”

她笑了，一边手撑着沙地往后靠了靠，感受着掌下的沙土。她从指缝里弹出一些潮湿的颗粒。“发现恐龙坑”总是那么潮湿阴冷，永远晒不着太阳，但撇开她裙子上的沙和粘在毛衣上的树叶不论，这里也许是整个动物园里她最喜爱的部分——离开干道，经过旋转木马和儿童爱畜喂养园与鸡笼，穿过被标记着“林地”的草木地带，方才能够抵达此处。这里大部分都是树和岩石，有一些孤独的动物沿着砾石小径走到这里来：有一只住在栏圈里的秃鹰，它陪伴着一辆生锈了的敞篷小货车；还有一只盯着咀嚼玩具的猫头鹰；有老是坐着不动的野火鸡，她不确定它们是否真的有脚。她想象某个残忍的猎人搞了一个恶作剧，把一种浸着汗水的项圈挂在了火鸡的脚上。

她喜爱这些树林中带着点儿危险的奇谲，在现实生活中的观光景点，这种奇谲常常被转化为某种敷衍的、不上心的尝试。比如眼下，一条飞索横在树与树之间，但她从没看过谁玩这条飞索。她记起这里好几年前有一只电子恐龙，还曾经有过一条闹鬼的小路。更远的地方还有一些事物可以称得上是奇谲的：她猜想是真正的然而有可能是假的大圆石，再加上有裂口的木篱笆和一座开拓者小屋。一切摆设都没有明显的目的。那些空荡荡的水泥池有可能是大型哺乳动物的饮水洞。在一条天然小径上有一些偶尔出现的人为指导，随意冒出来的标识物配合着人们随心所欲而不是特别有规划的散步。举例来说，一棵树好歹贴上了“擦树”的标签，而围绕它的另外二十棵树则让人叫不上名字。

“我来给你讲点什么吧。”林肯开始了，他把手放在她的膝盖上，“你知道奥丁会使用什么吗？”

实际上，关于北欧神话，她最近倒是知道很多。

“一个眼睛商店？”她问。

“是啊，当然了。因为接下来他就可以不再戴他的眼罩了。”

“除非他喜欢眼罩。”

“除非是那样。”林肯同意。

他们周围的沙地散布着英雄和坏蛋——托尔（Thor）[①] 和洛基（Loki）[②]，美国队长，绿灯侠以及钢铁侠。林肯喜欢玩儿塑料小人，最近，他的小人儿都成了超级英雄。在这个沙坑里，仿制的骨骼悄悄藏在他们下方——某种已经灭绝的动物的脊椎从他们身后的沙里伸出来一小截，一桶用烂了的画笔露出来一半，它们通常是用来在沙地通过刷掉沙子来作画的。她和林肯过去老来这里挖掘恐龙骨，那是在他三岁以前。可是现在，四岁生日已经过去两个月了，他不再是曾经的那个小小考古学家了，都有过好几种变身了。

恐龙坑目前像是一座沉默之岛，是洛基——托尔的那名像恶作剧精灵一般的兄弟——曾经被囚禁的监狱。林肯不再提诸如多余的鼻子那样的问题了，他沉浸在对玩具小人的操控中。他模仿着各个角色的说话，自编自演着剧情。托尔试图让洛基承认他造出了火魔，而洛基当然不肯。随着林肯绘声绘色的表演，空气里一直回响着一场史诗般的大战之声。

林肯往前靠过来了一些，继续诉说着他的史诗。

“卑鄙的坏蛋咯咯笑了，”林肯诉说着，“可是接着托尔有了一个主意！”

---

① Thor，北欧神话中掌管雷、战争和农业的神。
② Loki，北欧神话中的火神。

他把这些称之为他的故事，如果她任由他说下去，他可以讲上好几个小时。她喜欢这些故事，以及他发明出的人物。他编造出一个坏家伙叫做“马人”，会把人变成马。马人的对手是冯马(Horse Von)，他会把马变回成人。真是一个恶性循环。

琼有一搭没一搭地听着，任由林肯一边让他不同的人物各自发展不同的故事，一边变换着讲述的语调和腔调。她让思绪信马由缰，心情愉悦而轻松。通常，在上午，这些小径上会挤满婴儿推车和穿着瑜伽裤的母亲们，而到了下午的晚些时候，大多数访客都会被清场。有时候，她从学校把林肯接走后，会和林肯来到这里——他们会在图书馆、动物园、公园和科技博物馆之间轮换——只要她能够，她便会带着他来到树林里。这里有蟋蟀，或是某种叫声像蟋蟀的东西，有鸟鸣、树叶的沙沙响，但是没有嘈杂的人声，只有林肯在模拟塑料小人的对话。他已经熟谙超级英雄的谈话模式，不仅是照搬英雄们在电影中说话的神气和语调，还能发挥，变成他自己的。

“他的腰带上有一个秘密武器！”

“他的邪恶计划失败了！”

他因为兴奋而颤抖，身上的每一个部分都在摇摆，从他的前脚掌到他胖乎乎的拳头。托尔在空气中上下跃动，那是林肯拿着他在跳上跳下，她好奇他喜欢的到底是正必胜邪的念头，抑或只是这场令人激动的战斗，她也想知道什么时候她可以对他声明：在善与恶之间其实有一片被大多数人占据了的中间地带。算了，他如此开心，她不想把事情弄复杂。

“你知道接下来发生了什么事吗，妈妈？”他问，“在托尔打了他一拳之后。”

“发生了什么？”她问。

她已经完美地掌握了用一半注意力聆听的艺术，而她的另一半注意力在神游。

“实际上，洛基一直都在控制托尔的心灵。这一拳让他失去了力量！”

“哦，”她说，“那么然后呢？”

“托尔反败为胜了！”

他滔滔不绝地说着——“可是镇上有一个新的坏蛋，天哪！”——而她在蜷起又伸直脚指头。她思考着。

她想着还需要去为自己的朋友玛蕾准备上一份结婚礼物。有一位画犬画的艺术家，来一幅犬画看起来像是一个不错的选择。所以，她应该考虑订购，发送一封电子邮件给那人，即使“订购”对一位艺术家来说可能是一个有侮辱性的词儿。她想起她本来要在今天早上打电话给姨奶奶，她觉得也许——她正在解决留下来的问题，恰好在这里，在洛基被埋进沙里时，她刚好蹦出了一个念头——也许她会给姨奶奶发一封电子邮件，给她看林肯在学校做的搞笑的纸袋猴。理所当然嘛，艺术品比电话更好，虽然对于这个结论有某种自私的成分在里头，因为她讨厌讲电话。嗯，好吧，这是一种逃避——她知道——但是不管怎样，她决定了给姨奶奶看纸袋猴。她想起姨奶奶做的南瓜酱。她想起厨房碗柜里剩下来的香蕉片。她想起布鲁斯·巴克林纳[1]。在初中的时候，她有点儿为他在《侠骨柔情》(Scarecrow and Mrs.King)中的表演而着迷，而她成年后发现这个剧居然可以全部在网上找到，因此就重新看了一遍，一集又一集——在20世纪80年代的剧集中，它算是出类拔萃的，其影响力持续多年——她记不得李和阿曼达是在第二季还是第三季结尾亲吻的了，第二季她还有六集没看，但她可能总是直接跳到第三季。

一只啄木鸟在附近的树上敲来敲去，她的思绪被拉了回来。现在，她注意到林肯手上的疣子更大了，看起来就像一只海葵。美丽的光影在砾石道上交替，林肯正在模仿他的坏蛋大笑，这幅场景让她心里一颤：儿子坐在她腿上的一个个下午，围绕着他们的棵棵树木，这宁谧的氛围，真是一种欣悦。

---

① Bruce Boxleitner，出生于1950年，美国演员、科幻小说及悬疑小说作家。曾主演过1982年迪士尼的电影《电子世界争霸战》，代表作亦有电视剧《侠骨柔情》《魔界奇谭》《雪松湾》等。

托尔被她的脚绊倒了，他的塑料头碰到了她的脚趾上。

“妈咪？”

“嗯？”

“为什么电影里的托尔要戴头盔呢？”

“我觉得戴上头盔后很难看清楚东西了。”

“可是，他是想要保护头部吗？”

“我猜有时候他戴，有时候不。这得看他的心情。”

“我觉得他应该一直都保护着头部。”他说，“如果没有头盔，战斗会变得很危险。你认为为什么美国队长只戴一副面罩就够了？那可不怎么能保护他啊，对吧？”

保罗会觉得这些关于超级英雄的聊天很无聊——她丈夫更喜欢谈论足球阵型和 NBA 队列——可是琼并不在乎。她曾一度为神奇女侠而着迷。超级英雄战队。无敌浩克。如果他们打起架来，谁能赢呢？她曾经问自己的舅舅，超人还是无敌浩克？他说，嗯，如果超人输了，他总是会飞走的。她那时候觉得这真是一个特别聪明的回答。

“美国队长有盾牌。”她告诉林肯，“那就是他用来保护自己的东西。”

“如果他不能及时用它挡住头部呢？”

“他的动作可快了。”

“可我还是觉得不够安全。”他说，依然不相信。

“好好好，你是对的。”她说。因为他的确是。“他真的应该戴上一个头盔。”

这片沙坑的后墙是某种人造的浅褐色岩石，膨凸凸的。一只小动物正在这片墙后面拱来拱去。她希望那可别是一只大老鼠。她想象那是一只松鼠，但提醒自己别回头。

她打开皮包，看了一眼手机。“差不多五分钟后，我们就可以开始朝大门走了。”她说。

就像他经常表现的那样，当她说起“是时候了，别玩了”，他都会装聋作哑。

“末日博士经常戴面具吗？”他问。

“你听到我的话了吗？”她问。

“是的。”

“我说了什么？”

“我们要走了。”

“OK。”她说，“是的，末日博士总是戴着面具，因为他有伤疤[①]。”

“伤疤？”

---

① 这里，林肯是把“伤疤”（scar）和“围巾”（scarf）搞混了。

“是啊，他在实验室里弄上的伤疤。”

“为什么因为有伤疤他就要戴面具？”

“因为他想盖掉它们。”她说，“他觉得它们很丑。”

“为什么他会觉得它们很丑？”

她注视着一片亮橘色的叶子落在地上。“嗯，它们让他看起来跟别人不一样。”她说，“有时候，人们不想看起来不一样。”

“我不觉得伤疤很丑。”

他在说的时候，一个尖锐而响亮的声音穿过树林。两声爆响，然后又是好几声，像是气球爆了。要么就是烟花。她试图想象有人在动物园里做着什么举动，使得那行为听起来像是小型爆炸。跟万圣节有关？他们已经到处挂上了小灯——没在林地这儿，而是在那些人气更旺的路上——那么，也许是变压器爆了？要么是有人拿着手提钻在施工？

又是一声巨响。又一声，再一声。听起来可比气球爆裂的声音响多了，而且不像手提钻那么有规律。

鸟儿们全都不叫唤了，可是落叶继续婆娑飞下。

林肯无忧无虑，一点都没受干扰。

“我可以用我的蝙蝠侠来对付末日博士吗？”他问，“蝙蝠侠穿着黑衣服，如果我用上他，你会给他做一副合适的面具吗？”

“当然。”她说。

“你会用什么做呢？”

“锡纸。”她建议。

一只松鼠从土坑的顶棚上窸窸窣窣地走过，当松鼠跳到树上时，她听见了树枝轻轻地摇晃。

“我们会用什么来做围巾呢？”林肯问。

她看着他。

“围巾？”她重复道。

他点了点头。她也以点头回应，一边琢磨着他是什么意思。她沉迷于解码他脑袋中的念头，这便是为人之母需要做的许许多多琐事之一。这种观察与牵挂令她觉得越发快乐了，因为她以前并没有意识到，而一旦发现并投入其中，那真是非常有趣。他的小脑袋瓜复杂又独特，总是用自己的语言在想事情。他睡觉时，有时候会喊出一整个句子——“别下楼！”要窥探他的内在机器系统其实是有窗户的，她永远都不会知道，而这恰是最令人激动的。他是一个与她完全分开的个体，如同她自己一样鲜活而真实。

围巾。她在解这个谜。

“你的意思是他脸上的围巾？”她问。

“是啊。他觉得难看的东西。”

她笑了："哦，我刚才说的是'伤疤'——比如爸爸的胳膊上在他小时候被水烫了之后留下的东西？或是我摔跤之后我膝盖上的那些玩意儿？"

"哦。"他说，怯生生地。当然，他也笑了起来。他很快就开了个玩笑："伤疤，不是围巾。那么他不觉得围巾很丑咯？"

"我真的不知道末日博士会怎么看待围巾。"她说。

"他脸上没有围巾。"

"没有。那些是伤疤。"

她听着，一边心不在焉地思考着能不能把伤疤这个念头处理得更有技巧一些，一边遐想着枪声。但那些声音不可能是枪声，如果是的话，到现在为止，她应该听到更多其他的声音，比如尖叫或是警笛或是大喇叭里有人在宣布什么。

什么都没有。

她已经看过太多的战斗了。

她查看了一下手机。离动物园关门没剩下几分钟了，很有可能他们以为自己安然自在地待在这片树丛中，可其实是被人监视着的。她不止一次地想象过这样一幅图景：他们在动物园里扎营过夜，也许是故意藏在这里，打算在午夜的漆黑一团中去探访动物们——童书中可是描写过这种情形的。当然了，简直荒唐嘛，因为肯定会有保安的。但并不是说她曾经在这里留意到有保安的存在。

他们该动身了。

“我们得走了，甜心。”她说着，把他从腿上举起来，直到他站好，虽然他不是太情愿。她觉得他应该穿件外套，可是他来之前口口声声说自己不冷，因此她就随他把外套留在了车里。

“我们还有一点时间吗？”他问。

她从沙里起身，脚滑入凉鞋。既然她自己如此喜爱凉鞋，她也没什么理由让他去穿外套。

“没有。”她说，“快要五点半了，那是关门时间。对不起，我们得快点离开这儿，不然的话他们就会把我们锁起来了。”

现在她开始为那样一种可能性而担忧了——她等了太久了，要走出树林的话还有好长一段路呢，接下来穿过儿童娱乐区也有一段长距离，他们的时间非常紧。

“我们可以在游乐场上停下，走过那座桥吗？”林肯问。

“今天不行。我们可以明天再来。”

他点点头，迈出沙坑，踩到稀疏的草地上。他不喜欢打破规则。如果动物园的工作人员说该回家了，他就会回家。

“你能帮我穿上鞋子吗？”他问，“并且把我的小伙伴放到你的包包里？”

她弯下腰去，把他脚上的沙子拂掉，接着把袜子套上他苍白的脚丫和他又短又宽的脚背。她撕开他网球鞋上的粘扣带，抬头看向一只落在一臂远的红雀。这里的小动物们一点都不怕他们。有时候，她可以注意到几米远的范围内有好几只麻雀或是花栗鼠，抑或是松鼠——在观看林肯表演的战斗。

她把他的塑料伙伴扔进皮包。

“全部搞定了。”她说。

下午5点23分

琼扫视了一遍沙坑，看看还有没有遗漏的塑料小人，然后便牵起林肯的手，直冲通往树林之外的小路迈去。她很好奇他什么时候才会不想牵着她的手，可是此刻，这种安排似乎让他俩都同样开心。走了还没到二十步，树与树之间豁然开朗——那只是一种错觉，因为正好到了这个地方的隔离地带——并且还伴有瀑布溅在水獭展示区前面的石块上的声音。

水獭是他们最喜欢的动物之一，是为数不多的一种到如今还能让林肯从他的故事里回过神来的动物。这两只水獭住在一个巨大的洞穴一样的展示区里，展示区的上方有突出的人造岩。它们在一面宽大的玻璃墙后面的浅绿色池塘里屈身、翻转、俯冲。岩石在步道上方突出来，一道小瀑布在游客们的头顶急冲于其上，向乌龟池溅下，池子上铺满厚厚的睡莲叶、芦苇以及某种紫色花的茎。蜿蜒向池塘的木制步道常常让她震撼，让她觉得那是林地中最好看的一部分——可是此刻，它看起来空寂寂的。

林肯在她旁边笑了。“看那只水獭。看它怎么游泳的。”

他说话依然咬字不够准确，“水妥”，他说，而不是“水獭”；莱克斯·路朵（路德）[①]；在足桥（球）赛里射门得分。

“我喜欢它的脚爪。”她说。

“它有脚爪？不是鳍吗？真的脚爪，像狗的那样？或是像猴子那样有指爪？”

她不由得想要停下，给他指明水獭的生理结构——也许，这就是她想要给他的：去发现生活充满了惊人的事物，去懂得你必须关注——看啊，它真美，他说，一边盯着动物园停车场里的一摊汽油——可是他们没有时间了。她猛地一拉他的手，他倒是很容易的就被带着走了，却依依不舍地还不愿从水獭那里回头。等他们迈上了下方都是睡莲叶的木桥的时候，她期望他们能看见别的什么人，某个同样滞留着的喋喋不休的家庭。倒不是说这条路上只有他们两个人是不寻常的，他们老是在下午的时候一路上一个人都看不见；可是这一回，他们拖延得比

---

① 莱克斯·路德（Lex Luther），《超人前传》中的人物。

以往任何时候都更接近关门时间了。她加快了脚步。

“想赛跑吗？”她问。

“不要。”

“要不要跨步跳？”

“不要。谢谢了。”

他拖着步子。

有时候，她真的好奇，他不想做什么事的决心莫非是跟她想要做什么的热情成正比的。他继续沿着桥漫步，时而被一只小蚊子吓得缩回去，或是停住盯着桥下的斑点锦鲤看。他终于彻底停下来了，挠着腮帮子。当她求他快一点，他皱起了眉，从他脸上的表情，她知道他想要什么。

“我要你抱我。”他说。

“我不能一直抱你去车里。”她说，“你都长这么大了。”

她注意到他噘起嘴了。

“我跟你保证，”在他的沮丧逐步升级、让他们更加拖延之前，她说，“等我们到了稻草人那里，我就把你抱起来。如果你能乖乖走到稻草人那里的话。”

“好吧。”他说，可是他的声音已经在发抖了，嘴噘得更厉害了，虽然他还能及时地跟着她，却几乎快要哭了。

她不能强制让他在走的时候不要哭。严格说来，他遵守着她的规矩。有可能几分钟后他就会自顾自哭出声来，然后被像是托尔的头盔或是奥丁的眼罩这样一掠而过的思绪分散注意力。也有可能他只会哭得更大声，她将让步，抱起他，因为他的确用他的小短腿毫无怨言地走了好长一段路。还有可能他会不停哭，而她岿然不为所动，让他一直走到车边，因为她不想让他成为那种耍脾气的小孩。

这便是为人父母的机制，它需要相互制衡、规划与猜测，计较成本收益比率。

一只蜻蜓盘旋，猛冲。一只苍鹭在水边拣着路走。木制的小径在树丛与野草之间弯弯绕绕。

林肯已经止住了哭泣，她相当确定他正在哼唱佐治亚斗牛犬队[①]的战斗之歌——“光荣归于老佐治亚，光荣啊！光荣归于老佐治亚，光荣啊！”——而她刚一回过神来，他就跳到了德克萨斯长角牛队的战歌了。他们家没有人是其中任何一个队的粉丝，可是他学战歌的歌词很快，就像他能很快了解超级英雄和坏蛋们一样。

他是一个搜集者。他累积这些搜集品。

透过树，她可以看见旋转木马帐篷般的顶部。它闪着白色

① 佐治亚大学的运动队，在多个门类的比赛中都创下佳绩。

的光，映衬在灰黄色的天空下。他们经过了一段细铁丝网——里面围着一只独脚鹰，还有一个几乎看不见的围栏，圈着一对白鹭。铁丝网里还有枯木、景观草和浅黄绿色的杂草。她走向一根悬在他们头顶的大树枝，枝上有一片叶子掉了下来，仿佛一只黄蝴蝶，在空中拂来荡去。

终于，他们来到了混凝土的人行道，这儿跟大马路一样宽敞了。篱笆柱上放着万圣节的南瓜灯。

他们迈了好几步路才迈入文明，她看了一眼旋转木马那边。那里静悄悄的；油漆的长颈鹿、斑马、熊和大猩猩还有鸵鸟都像冻住了。林肯过去很喜欢旋转木马，尽管他只会骑其中的斑马。现在，这些传输带上的动物们沉默地挂在木框架下，任由橡胶碎片像蝙蝠一般在周身飞舞，一张张飞散的面巾纸仿佛幽灵般无声蹁跹。她跟林肯离这些木雕动物们如此之近，以至于罩住传输带区域的白色帆布顶可以盖住他们的头部上方了。这片宽广的遮盖让他们觉得明亮又安宁。

“妈咪，”他说，“抱我。”

“等我们到了稻草人那边。”她说，忽略他伸向她的胳膊，“不远了。”

这一次他没有再抗议。他们很快经过了旋转木马，走向美食街和儿童嬉水乐园。后者的喷泉依然喷出齐肩高的水柱，呈放射状散落在蓝莓色的喷水池里。

“美杜莎曾经来过这里。”林肯宣布。她的视线越过喷溅的水柱，看向阴影的部分，那里有着乌龟、青蛙和蜥蜴的石雕。这些日子以来，他们只要看见石头做的形象，那都可能是美杜莎经过的迹象。蜘蛛侠曾经来过这里。他对着蜘蛛网说。

“可怜的家伙们。”她说，因为每次他们经过美杜莎的受害者时她都这么说。

“它们应该一直闭着眼睛。”他说，因为每次他都这么说。

她瞥向考拉咖啡厅黑黢黢的玻璃窗，还有里面的货架，上面放着塑料包裹的三明治和吉露果子冻以及水煮蛋。她看不出里面有人走动的迹象。方桌上倒扣着塑料椅。工作人员通常会在动物园关门时间前一刻钟锁上咖啡馆的门,所以她并不惊讶。

他们右边过去一点是有着假山和吊桥的操场。曾经一度，林肯对南极非常感兴趣，他觉得那些大石块就是冰山。去年春天他喜欢在吊桥上玩骑士和城堡，朝看不见的国王喊叫，假想出一门门大炮，大炮的弹射器填满了石块。现在，同样的这座桥经常成为托尔去往大地的彩虹色通道。还有一年他就要上幼儿园了，这些超级英雄的日子会渐渐被淡忘，他会迷上新的东西，而她猜不到那都会是什么。从某种意义上来说，动物园自身也会被取代，生活会继续，这个握住她的手的男孩将变成一个完全不同的人。

他们此刻在快速前进，脚步急匆匆地走过了纪念品商店和木头的照相板。在这块照相板这里，小孩可以把头从板子上的一个洞里伸出去，假装自己是一只大猩猩。他们在儿童游戏区旁边的一个被水藻堵住的水族馆边放慢了步子——林肯忍不住想要寻找大海龟——一个老龄妇女出现在他们前方几码远的地方，就在水族馆墙壁的曲面附近。她正摇摇摆摆地轻轻往后退，拿着一只鞋子。

“再没什么好看的了，塔拉。”她说。她的声音带着一种哭笑不得，这腔调听上去肯定是属于一位祖母的。“过来吧。”

两个金发小女孩出现在他们的视野，肯定是姐妹俩。那位祖母弯下腰去，为小一点的女孩端住鞋子。小女孩的头发扎成了小辫儿，看起来比林肯还要小一些。

“我们得走了。”那位祖母一边说，一边把手里的塑胶凉鞋套在一只小脚上。然后她直起身。

小一点的女孩说了些什么，太小声，没法听清，哪怕她们三个离他们就几米远。几只苍蝇撞在了水族馆的玻璃上。

“等我们到了车里，我就给你脱下。”祖母上气不接下气地说。她迈上不那么稳健的一步，握住女孩们的手腕。女孩们朝林肯眨了眨眼，但那个老龄女子很快就催她们往前了。

“那是一位祖母。”林肯说，声音太大了。他骤然间停步，猛地拽住了琼的胳膊。

“我也这么认为。”她低语。

琼朝那个老龄女子看了一眼——空气里有一种花香的化学气息，那是香水味，让她想起六年级时候的曼宁夫人。在毕业前的最后一天，她独独给了她一个人一本《蓝色的海豚岛》。现在，那位祖母和她的孙女们已经离开了，都经过最后一座水族馆的拐弯处好一阵了。

“如果我有祖母，会像她那样吗？”林肯问。

近来他对祖父母念念不忘。她希望这会像他其他的叨念一样赶紧过去。

“你本来就有祖母啊。”琼说，用力地又一次把他往前拉。“祖母。爸爸的妈咪。她圣诞节的时候在这里，记得吗？只不过她住在很远的地方。我们得走了，甜心。”

“有人有很多很多祖父母，我只有一个。”

“不，你有三个。记得吗？现在我们必须得走了，不然就会有麻烦了。”

这真是有魔力的话。他点了点头，加快了脚步，他的脸如此严肃和坚决。

又有一声弹了出来，比之前的更加响亮，听上去也更近，空气中也许还有几声尖锐的爆裂。她觉得有可能是某种液压物。

他们来到了池塘的边缘——这个池塘是动物园的水域里最大的一个，近似于湖——她瞥见了一只天鹅抄着水上的近路。小路交叉了：右边那一条会把他们带往池塘更远的那一侧，而左边的虽然会让他们走到出口，却要花上更多时间。她可以看见头顶上方的鹦鹉红绿相间的一闪，它像往常那样安静。她喜欢它们在一堆混凝土中的小小岛屿——一湾砖砌起来的小池，池周有草堆和纤细的小树——那里常常是他们最初和最后的一站，是每一次动物园之旅最后的仪式。

“你可以开始学鹦鹉叫了。”她嘱咐他。

“我不需要。”他说“我只想要看到稻草人。”

“只要走下去，我们总归是能看到的。”

沿着环池的篱笆竖着一长列稻草人。其中有许多都有南瓜做的头，林肯觉得妙不可言。他喜爱超人一号和宇航员一号——后者的南瓜头漆得像一只太空头盔——他尤其喜欢“戴帽子的猫”。

“好吧，甜心。”她说。

她放下手，抬起他的胳膊。

她沿着篱笆看了一眼，发现了皮特猫亮蓝色的南瓜头。篱笆的一半处有几个稻草人已经倒了。她猜是被风吹倒的，可是，不，迄今不像是有暴风雨的样子。这些稻草人是被人弄倒的，有半打稻草人七零八落地倒着，一直延伸到了鹦鹉展区，甚至更远。

不，不是稻草人。不是稻草人。

她看见一只胳膊移动。她看见一个身体，太小了，不像稻草人。一条裙子，不体面地卷在了一个苍白的屁股上，那个身体的腿是弯曲的。

她缓下来，抬起眼，可是当她看向更远，掠过地上的人形，掠过鹦鹉，朝着有着公共卫生间、门上标记着“员工专用”的长而平坦的建筑，她看见一个男人站着，脸避开她，一动不动。他就在喷泉旁。牛仔裤，暗色衬衫，没穿外套。发色是棕色或是黑色的，除此之外，她看不清细节，但如果他动了，她一定会注意到。他踢开卫生间的门，右手握着枪——是长而黑的来复枪。当他逐渐消失在了女厕所浅绿色的墙壁后，枪托的狭窄末端像天线一样经过他的黑脑袋往前延伸。

她觉得鹦鹉附近又有了一阵动静，有人依然在走动，可是那个时候她已经转过身去了。她没有再看到什么。

她拽住林肯，扛起他。他在她臀部上方固定好身体，腿重重地摇摆着。她死死拖住他的屁股。

她开始跑。

下午5点32分

她一路往前，当然不是朝着那些尸体，而是绕着池塘，朝非洲区去。当她跑动的时候，脑中闪过一念：她本来可以回到树林那里，而她现在还可以回头，去往他们的沙坑或是高树下的阴影处，可她不想回头，因为她不确定那个男人——或几个男人？——是否看见了他们。他有可能正在追他们，不紧不慢，因为他才是持枪的那个人，对他来说用不着匆忙。无论如何，还有一部分的她拒绝走回头路，向前看一定是更好、更安全的。

冲。冲。冲。这个字在她脑海中不断重复。她的脚步也适时地配合着这种重复。

她想象那个持枪的人在注视着他们，朝他们迈上第一步，绕着湖，笑得越来越厉害。她想象他在加速。

她受不了这一点。她四顾扫了一眼，什么人也没看见，但她没法好好看，因为她不想慢下来。

她跑动的时候针织裙紧紧裹在了腿上，她好想把它拉高一点，但她腾不出手。就让裙子自己撕破吧，她希望。她能听见鞋子与小石子儿之间的刮擦。她紧了紧两个脚趾之间的凉鞋扣带，一边听着鞋底的拍打——更害怕的是，一只鞋子快要从脚上脱落了。

这条路沿途都挂着万圣节的灯，就在她头顶上。在她跑动的每一步里，灯光欢乐地闪耀着，亮晃晃的，就像林肯偶尔把手电筒往她眼睛里照一样。

天色正在变暗。

"我们为什么要跑？"林肯问。他全身 40 磅的重量都在她的怀里颠着，她惊奇于他居然安静了这么久。可能他到现在才注意到他们不是去往停车场。

她想呼吸得更顺畅一些，好能说出什么。她的肺好像在燃烧。

"我会告诉你，"她说；她必须吸口气，"一会儿之后。"

他的胳膊紧紧绕住她的脖颈。铁轨跟他们平行，就在这排灯的那一头。但她不会去看那列红黑相间的火车此刻在他们身边减速停下，气流仿佛要把他们弹走，虽然她觉得自己可以跑得更快，快过火车。当然，她想要火车。她的胳膊已经开始疼了，她又一念想起上周他们散步去公园——鸭子有牙齿吗？它们确定不会咬我吗？鸭子有脚吗？为什么我是小婴儿的时候不会走路？我那个时候有脚吗？我那个时候有腿吗？那天下午回家路上她真的是抱着他走到了自己体能的极限了，不得不把他放在草地上，尽管他使劲哭，而她也哭。

现在，她不会放下他的。

“妈咪！”他带着挫败感说，一只手放在她脸上，“已经一会儿了。”

“有一个坏人。”琼说。当然，如果不是慌得不行，她不会说的。

“哪里？”他问。

她已经走神了，“什么？”

“坏人在哪里？”他问。

她两步跳过铁轨的交叉处，如果火车开过来，那就意味着另外还有一个人在驾驶它，她会想要看到另外的那个人——接下来，湖就在他们身后了，尸体和那个男人在湖的另一侧，这可是好事。上山通往非洲区的蜿蜒小路两旁都是树——阔叶树，雨林植被——有利于阻隔他人的视线、好让他们不被发现。如果有人在看他们的话，现在肯定难以看到他们了。

“他就在那里。”她说，差不多是摇摇晃晃了。

她听见了警笛响。没法说离得到底有多近，但这意味着警察在赶过来，他们会搞定一切，但那现在帮不了她。

“我刚刚没有看见坏人呀。你怎么知道他是坏人？”他的下巴猛磕了一下她的肩。

她不回答他的问题会让他难过，她可不想让他哭，因为她不想要任何声响，还因为接下来他会不安，或更糟，会四肢无力。当他瘫软时，他会变得加倍重。

“我们需要逃开。”她一边说，一边喘气，“立刻。那么，帮妈妈一个忙，抓牢——把你的腿钩得更紧些——让我去一个安全的地方，到那时我就回答你。”

她几乎说不完这些话。她的肺要炸开了，她的大腿在尖叫。太阳已经落得比树低了，在她脚下，植被的影子又长又细瘦。

她的胳膊肘擦过一片香蕉叶。叶子像翅膀一样牢固又宽广。

“哪里？”他问。因为他当然不会停止发问。“我们去哪里？”

她不知道。哪条路？下一步呢？她到底在找什么？她的双脚保持着自己的节奏，她把脚趾蜷得更紧了，她希望这条路别是上山的。

她坚持不了太久。

躲起来。他们必须躲起来。

躲一定是第一重要的，然后他们可以打电话给警察或是保罗或是都打。她认为她应该先打给警察——就为了让他们知道她和林肯困在了这里？他们肯定需要知道谁还待在动物园里？她把他的身体重心从自己右侧的髋骨挪到了左侧的，又重新调整了一下抱他的力道和姿势。

“妈咪！”他说，依然想知道某种答案。他一直都想要答案。

最终他们经过了一排排非常壮观的墙一般的野生植被，登上了山顶，她盯向非洲象展区，所有的沙丘和草地和流淌的小溪，他们必须左转或右转。右转会把他们带向长颈鹿和狮子和老虎；左转会弯向犀牛和豺狗和猴子。

“妈咪！”

她亲了亲他的额头，向左转。

“我的牙磕到你的肩膀上了。”他说。

“对不起。”她说。

现在她为自己刚才没有去树林，没有踏上那条通往恐龙坑的熟悉路径而感到高兴。因为在那里，即使周围有着高树，他们也找不到太好的地点藏身，而仅有的几个好地点——小木屋和蝴蝶房——会太明显。当然，如果他们被发现了肯定会有地方可以去的，可是带着林肯，她能有多大转圜的余地？不，他们不需要逃跑的空间。如果有人发现了他们，跑不能把他们带向任何地方。

这个重要的想法令她一战。这是她正在跟恐慌挣扎的证明。

是的，如果只是跑，他们去不了任何地方。他们需要非常好地藏起，别被人看见，哪怕是某个偶尔经过的路人。她需要一个兔子洞。一个掩体。一条秘密通道。

他已经不再老是喊她了。她的恐惧一定是感染到了他，她很高兴，到目前为止这种恐惧的程度是恰好的——足够让他变得听话，但又不至于吓坏。她不知道他们何时才能安全，但一旦安全了，她能意识到的。

大象展区无止境地向前延伸，当她沿着栏杆的边缘走，她听见了音乐。起初这音乐难以理解，只有乱蹦的音符，但很快她就能辨认出这是《捉鬼特工队》（Ghostbusters）的主题歌。这音乐欢快而响亮，并且在她经过那台林肯常常假装是蝙蝠计算机[①]的可乐机时，显得过于响亮了。

小丑开始变他的旧戏法了！变成蝙蝠战车！妈咪，你觉得会有蝙蝠洗车场吗？因为蝙蝠战车变脏了，但它是一辆敞篷车，那么他们会洗这辆车吗？她的脚踝稍微一转，但她没有放慢步伐。这里真的有一头大象，看样子昏昏欲睡，离他们右边的栏杆近得惊人，她为它壮实的身形而感到高兴，她用一半心思看

---

① 《蝙蝠侠》中的计算机硬件系统。

着象鼻的左右摆动，注意着其节奏，但她正在转向另一个方向，往自己的左边，扫视着只有几码远的一座方形建筑。热带草原小吃吧。他们曾经在其巨大的茅草屋顶下吃葡萄干，头上的吊扇拂动着夏日里的空气，但他们从来没有坐在餐厅的建筑实体里。她喜欢待在外面，注视着大象，假装他们在非洲——她总是这么想，有一天，她真的会带林肯去那里——她喜欢去想所有她要带他去看的地方。你真的在泰国骑过大象，妈咪？是的，那是在你出生之前。她经过浴室的时候瞄了里面一眼，缓缓地，但她想起了被踢开的门，于是再一次加快了脚步。餐厅本身，现在可能更安全——当然，门被锁上了，里面会有更多房间，有着更好的锁的办公室和储藏室、躲藏处和壁橱，可能还有你可以用来堆起来堵住门的桌椅和重箱子。这想法迅疾又猛烈，她在茅草屋顶下方的阴影处飞奔起来，想要推开玻璃门，但门纹丝不动，里面的一切都是黑乎乎的。

营业中。标记牌这么写着。

女巫的啤酒沙冰。另一块牌子写着，用红色和紫色的字。又酷又美味！

琼感到头晕，又开始跑了，林肯的胳膊紧紧搂住她的脖子，这可以从她手臂上稍微减轻一些他的分量。但她体力消耗了许多，失去了平衡，她几乎要撞到一根水泥柱上去了。

她注意到头上有一个扬声器。音乐正是从那里面放出来的。《看不见的人》（An Invisible Man），《睡在你床上》（Sleeping in Your Bed），《你会打给谁？》（Who you Gonna Call？），《捉鬼特工队》（Ghostbusters）。

她从亭子里退出来，从扬声器那里离开，退到朦胧的日光里。大象和它优雅的鼻子不见了，那么大的东西怎么可以消失呢？她对林肯的耳朵轻声低语"没关系的"，一遍又一遍，她再次加快了脚步，尽管毫无目的。这可完全不像她平时在小区周围跑步时的稳步节奏。她压根没有准备好。她想起她的哥哥，当他还在军队受训的时候，着迷于被称作迅速打包的事：把一个三十磅的包绑在自己背上，背着它跑上许多路。在那之前她对他并不怎么了解，因为他早就跟她父亲一并搬去了俄亥俄，在她逃走之前他就逃走了，每年只有在夏天她可以见到他两周，以及在一些过节的日子里。他来看她的时候已经是个成年人了，他把自己的帆布背包给了她——那是在她第一次跑马拉松的七年前——她试图让他对她刮目相看，但她的背上湿透了，并且在跑过才两个街区后就喘息不已。此刻她就在喘息，二头肌仿佛在燃烧，林肯的重量让她倾向一侧，如果这些年来她都在练习迅速打包的话，她现在的表现会好很多。

她已经跑了多久？三分钟？四分钟？计算时间没有意义

了。是永远。

即使这音乐里有八十个合成器，她依然同时可以听见警笛声。现在，警笛声更响了。

她差不多已经在犀牛展区了。她看见两个青少年，一男一女，正朝她跑来，仿佛他们知道了某种不妙的事，并不像是因为关门时间要到了就赶紧跑到大门去的样子。她曾经以为她想要看到人，但现在她发现不是这样。人们只会把事情弄复杂。这两个孩子看到她之后放慢了一些步子——男孩抓起快要从脸上掉下的太阳镜——他俩都立刻张口问着些什么，可是琼没理会，只是绕过他们，步履不停地跑向了人行道。

那女孩的裙子是橙色的，有着黑色的蕾丝边，既短又紧，几乎罩不住她的内裤。这女孩的家里有着怎样的母亲？然而也许是一个非常棒的母亲，会跟她说她很美，哪怕是穿着一条像肠衣一样的裙子。

“别往出口那边去。”琼说，几乎没有放缓，“一个人在那里开枪射人。”

“射人？”女孩说。

男孩嘴里吐出了更多的话，太多了，以至于琼一点都没听清楚他说的是什么。

“如果他看到你们，会杀了你们的。”琼回头喊道。但她已经离他们很远了。“快去什么地方藏好，直到警察来。”

她再也没有回头。对她来说唯一重要的人就是林肯了。他可不能落得个躺在地上流血的下场。

好在餐厅被锁住了。否则将会很傻。她和林肯有可能躲在里头，但那个男人会检查所有的建筑，不是吗？室内区域将会是他的首选目标。他会踢门而入、砸碎窗户、摔东西——破坏东西一定会让他满意——而在户外就没有那么多事情可做，不像对着家具和门和骨头这样坚固的东西那么爽。

她能听见自己的呼吸和脚步，她故意让它们如此轻柔，但她也能听见风声和不远处车流的喧嚣背景声，还有叶子从树枝上颤抖而下的声音——所有这些她从来听不厌的背景声。她需要背景声，因为林肯从来不会彻底安静。他是一个好孩子，但永远别指望他能保持完全安静，但如果简单的一声低语就要了他们的命呢？

在光天化日之下，当然可能这样。

得藏起来。到一个没人能看见他们的地方。

大象展区的露天场所，她看了一眼身后，这里有很多岩石和一整面由巨石垒成的墙，但是有一个陡坡直下地面。这儿还有大象，而这整个主意太低能了，但一丝灵光闪过她的脑海——枪手肯定不会去检查动物展区的，对吧？

她思考这个念头就在十步之间，如此迅速又如此缓慢——如果她转回头，可能依然还能看见那两个青少年——而所有这些想法会让她无所适从。狮子在远处吼叫。这声音倒不至于吓人，因为饲养员们一般就在关门之前喂动物，而狮子总是在有所期待地咆哮。它又吼了，几乎可以说是令她感到欣慰。她被笼子里的野生动物们包围着。她微微感到自己与它们是团结一致的。

猴子在吱吱，高亢而有攻击性，她好奇是不是饲养员从来不会在黄昏时喂食它们。也许他们被什么事打断了。

她接下来想到的是豪猪。

这些建筑物应该都被锁住了，但也许没有呢？

她一边祈祷，一边没花多少时间就赶往了灵长动物楼。她经过了左边的非洲主题游乐场——那里有鼓和面具还有跷跷板，以及一只蜣螂的雕塑——接着她在蜘蛛猴和它们的绳网下飞奔，猴子们在绳网上到处闲荡，旁若无人地自由耍乐，再然后她就到了灵长动物区的入口，推了推双重门，门立刻就打开了。她冲刺跑入又冷又暗的大厅，经过有着黑白条纹的狐猴们，然后她就来到了一个弯道附近，在这里，树干穿过地板向上生长，一切都笼罩在阴影里。就像对这里的大部分景观的认知，她不知道到底这些树是真实的还是人造的，但当她伸出一只手撑住，要稳住自己时，树皮摸上去是真的。

“有人在开枪射人吗？”林肯枕着她的锁骨问。

“是的。”

“他在追我们吗？”

“不。”她说。

“那我们为什么要跑？”

她可以在展示区看见自然光，草丛里还留着一点太阳光，她不禁注意到动物们有着巨石和岩洞可以藏身，那些岩洞兴许通往看不见的房间，只要你能通过那些草的屏障。但她不能穿墙啊——隐身女侠？X 战警之一？——因此她继续慢跑穿过一座座大厅，擦过光滑的玻璃和粗糙又潮湿的煤渣空心砖墙。

会有一个极点的，她知道，到那时她的肌肉就会停止活动了，她的手臂到时候会松开，垂下，无论她有多想继续用力。眼下，驱使她一直向前的只有一种不停地燃烧，一种律动，从肩膀到手腕，从臀部到脚踝。

“妈咪？”

“我们就快到了。”她说，但几乎话不成句。

有猴子，更多的猴子，它们全都漠不关心。

然后她看见一扇玻璃门，她用肩膀猛地撞上去，他们便再一次来到了外面，冷风吹拂。他们面对着一道高及她胸部的风化的栏杆。栏杆的那一头，是一片被篱笆围住的松树和高草。她站在一片平屋顶的木板上——这是一个处在展厅之间的露台。她的左边是另一扇玻璃门，通往狒狒和猩猩以及其他草原动物，而开放的走廊对她而言没有任何好处。在这里，砖墙上的标记牌描述着豪猪的习性，但没有任何标记牌去解释为什么一只豪猪会被安置在灵长动物区。几个月前，一位手上拿着笔记本的饲养员承认——小声地，所以林肯不会听见——那只豪猪已经死了。琼和林肯一直定期会过来看看，看有没有来新的豪猪。她跟他说了实话，既然又不是说他没见过死去的鸟和松鼠和压扁的蟑螂，那为什么要去骗他什么原来的豪猪还活得好好的、什么都没有改变呢？从此后他一直盼望能看到新的豪猪宝宝。但围栏里至今空着。

她希望它空着。

她往栏杆迈近了些，一边扫视着那些低矮的树和中空的圆木。荒突突的沙石地更加凸显了仅有的几块野生草皮。这里蓬乱而缺乏打理。围栏的中部恰如她记忆中的——有三到四英尺高的巨石。石墙延伸过去大概有十二英尺，是环形的，因此无法清晰地看到它后面有什么。一道铁链系起的篱笆被葡萄藤覆盖了一半，将这片空间封住。篱笆轻易就达到了十五英尺高，有着角度剧烈内倾的顶部面板——工作人员难道真的对会爬的豪猪一筹莫展？沿着篱笆的边缘还有一棵棵高耸的松树。

这篱笆藏在这里，深深隐没在灵长屋的弯弯绕绕中。看起来不适合人类，但在她看来，这是最完美的。

她把林肯放低到栏杆上，一边挪开他的重量，一边大口喘气。这栏杆很容易就能爬过去，在栏杆的另一侧有一个短小的台子，差不多跟她的脚掌一样长。她可以踩在那里，然后举起林肯，哪怕发生了什么差池，他摔到地上，也不过是几英尺高而已，不会受伤的，但他有可能会哭，而哭声会——不，他不会有摔下去的危险的。自始至终她都会用手扶着他。

“我们要这么做，”她说，“我要让你坐在这里，而我爬过去……”

他摇了摇头，紧紧抓住她的肘部上方。

“妈咪，我们不能进去跟动物们待在一起！”

“里面没有动物，记得吗？”她说，试图移开他的手指，“这里是豪猪的家。到现在为止还没有新豪猪到来呢。”

“篱笆是用来把动物们关在里头，把人拦在外头的。”他说。

她从没因为他如此遵守规则而感到尴尬过。

“今天的规则不一样了。”她说，“现在有紧急规则了。紧急规则便是我们要藏起来，不要让那个带枪的人找到我们。”

林肯抓住她的手放松了些，他朝身后偷偷瞥了一眼，然后又一次抓紧了她。

“我会摔下去的，”他说，“太高了。”

“我会让你摔下去么？”

“不会。”他说，一边朝她挨得更近了，“妈咪。”

“我会护着你的。我现在就要爬了——”

“妈咪。”他呜咽道。

“嘘——我接住你了。”

她一纵身，跨过栏杆，同时保持她的双手放在他身体的两侧，因此她的胳膊还能继续为他当托架。这有点窘，但接下来她仿佛身轻如燕，她的脚稳稳地触到了台子上。

他紧攥住她的手腕。她能感受到他的呼吸和快要掉下的眼泪。他的哭是因为一个开枪射人的人，还是因为这种对事物正常边界的完全打破？她不知道。

“妈咪。”

“我接住你了。”琼说。她用一只胳膊环住他，用臂弯把他拉向自己的怀抱。他的脚跟蹬着金属网眼。

“我会托着你下来。”她告诉他，“我希望你把脚放在这儿的这个小镫子上，用你的手抓住金属的部分。然后我会跳到地面上，搂住你。”

她举起了他，即使她还在说话，都不容他有片刻犹豫的机会，因为通常来说，他在考虑事情的时候，会变得不那么勇敢，而她两秒钟就能结束这一切。她用一只手紧紧抓住栏杆把他向后拉动，弯下腰，让她自己跟栏杆的距离拉大些，给他腾出空间，有那么一刻，当他正在半空、只被她的手臂和肘部固定住时，她感觉到了他的恐慌，但是接下来她就让他的脚落在了她正踩着的同一块台子上，他的网球鞋挤在她的皮凉鞋之间。她把他的手指紧紧裹在金属网眼上。

“抓牢。”她说。

她弹开身体，轻快地落在下方的泥土上，草高到让她的手腕发痒。她把他往自己怀里拽下，把他转过来，好让他的胳膊环住她的脖颈。他的腿夹紧她的臀部，她再一次移动了起来，尽可能地注视着自己的移步。他阻隔着她的视线——她记起当初怀孕的时候，高高挺起的肚子让她看不到自己的脚下，于是不平的地面便成了一种看不见的超越障碍训练场——最终，他们到达了一开始非常吸引她的高高的岩石后面。

她低下身，坐了下来，让背抵住又硬又冷的岩石。她的腿在地面上伸开。他依然攀在她身上。

下午 5 点 42 分

林肯没有松手，于是她用一只手从小包里掏出手机，然后把手机拿到自己面前来，正好擦过他圆圆的小脑袋。她的手掌拂过他缠结的发卷——他后脑的头发永远打着结，像是他把糖浆擦入了头皮中。她用大拇指擦了擦屏幕，然后愣住了。她依然不确定是该打给警察还是给保罗——警察肯定已经到了这里，也许他们会有问题问她。但保罗的声音才是她需要听见的。

接着她看见已经有一条来自保罗的短信了。她盯着他黑灰色相间的短信，方形的对话框是如此熟悉。

你今天下午没去动物园吧，去了吗？赶紧让我知道。

他完全不知道他们去了哪里，当然。通常来说她自己也不知道他们的目的地，直到她把林肯用安全带系在他的汽车座椅里，由林肯来宣布他下午的选择。保罗这么问是因为他知道出事了。

她准备回复他。不是发短信而是打电话给他的念头一闪而过，可是她的大拇指自动地开始应答。这是习惯。

是的，在动物园。你知道发生什么事了吗？我们现在躲在豪猪展区呢。

他不可能知道豪猪展区在哪里。他来动物园可不像她这么勤。她又补充上：

在灵长动物区里面。

她按下发送键，接着立刻键入第二条短信。

打电话给警察吧。我已经看到动物园入口处有尸体了。有个持枪的男人。

再一次，她按下了发送键——她的短信的顺序出了点岔子——它们被打乱了——可是她无法让大拇指停止键入。她喜欢看见拇指的移动，喜欢看见字母一个个排列成句子，喜欢屏幕上的光，而只要她在打字，屏幕闪耀着的就全是填满文字的蓝色的方框，一个个相堆叠。

我们很好。非常安全。她告诉他，然后她的拇指暂停，她在琢磨下面该说什么。

林肯的头发把她的手臂戳得痒痒的。他在扭动。她压低了声音哼唱起《雪绒花》，那首她和保罗每天晚上都要唱的摇篮曲。她哼得太快了，调子也太高，歌仿佛在快进。

她需要键入一些别的内容。她的手指轻轻击打着空气，焦躁不安。

“你为什么在玩手机？”林肯问。因为脸埋在她肩上，他的声音显得很沉闷。

“跟爸爸聊事儿。”她说，正好保罗又发来了一条短信。

看这个。我现在正要打给你。爱你。

短信的下方有一条链接。她看了一眼那串标记了下划线的字母和数字，接着手机响了，铃声和震动都如此之大——她没反应过来其实应该静音的——她立刻接听了。

“我不能说话。”她说，听起来似乎有点装腔作势，仿佛她正在开会中。她搞不清为何要这么说。“我们必须安静。我不知道他们在哪儿。”

也许促使她刚才发短信的原因不只是习惯，也许她的潜意识已经率先知道了什么：手机是一种危险。它会发出吵声。当她对着手机说话，她会发出吵声。吵声会把那个人带过来。

这很简单。如果她以某种方式去想，那就非常说得通了。

她再次开腔。“我们很好。但是——”

她还没说完就被丈夫夺了话，他的声音太大了。

“发生什么事了？”他问，“有人跟你们在一起吗？你们看到警察了吗？林肯还好吗？你说你们很安全是什么意思？他们可以找到你吗？天哪，我很抱歉我不在那儿，亲爱的——我太抱歉了。”

她任由他说下去。她理解他需要听见她，而刚才她也觉得自己有同样的需求，可他的声音并没有让她觉得他是跟她在一起的——这让她觉得他仿佛离她很远，或许，不，是让她感觉自己像是离他很远。因此，她的某个部分仿佛正在朝他漂移，漂到动物园外，漂入她熟悉的生活；但她并不想漂到任何地方去。她做不到。她必须在这里，完完全全地在这里。她不能在此刻跑去安慰他。

“我们很好。”她低语道，依然是用某种律师的声音、某种 CEO 的声音，如果那一类人也会低语的话。“我们在躲藏。”

“你们看到了什么？”他问。

“我爱你。”她说，“我们没事，但我搞不定。我需要小心谨慎。我远远地看到一个男的。有——”她往下看了一眼林肯的头——“动物园入口附近一直有枪击，在枪击发生后我经过那里。然后我们就跑，躲了起来。那就是我知道的全部。别打回来。当我们安全了我会打给你的。”

“我要打给 9-1-1，告诉警察你们在豪猪展区。”他说。他的话是急匆匆迸出来的。听上去就像他走上通往陡峭小山的办公室时那样，打电话唱任何他能记住的歌曲给她听——他总是在唱歌——他知道她会笑，会挂他的电话。“我爱你们。替我带话给他。保证安全。”

她把电话静音了，转身面对林肯。他好像不舒服了，正烦躁不安，腿往外乱蹬，用网球鞋的鞋跟蹭着她的身侧。她把手臂滑入他的腋窝，帮助他转过来，站住。他站定了，她的一只手还绕在他腰上。

“刚才是爸爸。”她低声说。

他靠回到他们身后的岩石上。“我知道。”

“要小声。”她说，“他说他爱你。”

“我知道他爱。”

“再小声一点。”她说。

“好吧。”他轻声细语。

他又在弹着膝盖了，他的双脚稳稳地，但整个身体都在摇摆。他的肩膀略略地上下抽动。这是他自己发明的一种奇特的舞蹈。

晚霞在燃烧，树顶上绵延着一列列细长的薰衣草色。

“你真的长大了。”她说。

“坏人现在在追我们吗？”

“我不知道。”她说，“但如果他是在追，他不会发现我们在这里的。”

他还在抖动，左右转着头，打量这副新景象。一如往常，他又好奇又谨慎。她注视着他释放出来的挣扎。他的视线迅速移动。而他的脚步纹丝不动。

好奇心胜出了。他朝这座建筑的砖墙迈出一步，指着什么东西。

“有一个水碗。”他说，“就像 Muddle 的碗。”

“是啊。”她同意。

她再一次扫了一眼他们周围的草，除了他注意到的有裂纹的干涸了的塑料碗，这片封闭区域还散落着其他古怪的点滴。一支墨水笔在他们右边有一段距离的地方，挨近栏杆，还有一条闪闪发亮的发带。她觉得她在篱笆那边看到了一只白袜子。

“豪猪也用水碗吗？”他问。

“我猜是吧。”

“它们喝水？”

她可以想象把一只手啪地盖住他的嘴，死死捂住他，命令他老实待着不动，完全噤声。她极其想要那样做，但她无法想象这幅场景会在哪里发生。如果她要让他住嘴却把他吓坏了，他有可能会开始抽泣的。

“嘘。”她再一次说，“说话再小声一些。万事万物都要喝水。”

“万事万物？”他低声问。

“万事万物。”她重复道。

“那么豪猪就用那只碗喝喽？”他一边说，一边走得更近了些，并紧紧贴住她的右侧，“它就坐在这块石头旁边，跟我们现在一样？你觉得以前的那只豪猪会是一个男孩，还是一个女孩？”

她从他这里看不到任何恐惧的迹象。他的蓝眼睛又圆又大，但它们一直都是圆而大的。他突然舒服地坐在她旁边，总之，他看起来有点儿像是因为身在豪猪之家而兴奋不已。当然了，他感觉不到真正吓人的是什么——他会被球队的吉祥物们吓住，会被查克奶酪[①]和福乐鸡[②]里的牛吓住。上个星期他们偶然在电视上看到一部蝙蝠侠电影，有西斯·来杰[③]的那一部。电影可怕到令人不安，林肯坚持20世纪60年代的老版本中——他是所有比《蝙蝠侠》电影的高级鉴赏家——有一个更加吓人的小丑。

有的时候，他会用一种出其不意的大嗓门哭泣，哭声高到

① Chuck E.Cheese，美国连锁游戏餐厅。

② Chick-fil-A，美国以炸鸡汉堡为特色的快餐连锁店。

③ Heath Ledger，1979-2008，曾因出演《蝙蝠侠：黑暗骑士》中小丑一角获得第81届奥斯卡金像奖最佳男配角。

能盖过喇叭。他还觉得马戏团的领班很可怕。现在他正在戳着自己手上的疣子，一边轻声唱着："光荣啊，光荣归于老佐治亚 / 光荣，光荣啊——"

没有任何迹象能够说明他平静的圆圆脸蛋背后有什么。她应该给他某种解释、某种安排。他总是喜欢可预测的日程——喜欢知道星期二是学校里的音乐日，星期三是西班牙语日，星期四要上画画课，而她每天都要去接他，除了星期三，那天归保罗去接他，而星期天晚上他们会叫中餐外卖做晚餐，星期六早上他则可以观看整整一个小时的动画片。

他喜欢知道将要发生什么。

"那么，"她低语道，而他的手指正划过她的下巴，他喜欢去验证她那里的一粒雀斑，"一切都会好起来的。我们在这里很安全。这就像是在一个故事里，有一场战争，坏人都被抓到监狱里去了。我们只需要坐在这里，安安静静的，直到那个坏人走掉。"

他点了点头。

"坏人的名字叫什么？"他问。

"我不知道。"

"他有名字吗？"

"当然有了。每个人都有名字。只不过我不知道他的名字。"

他再次点了点头，回头朝他的疣子看。她抵住岩石，把腿拉得更紧了些，一只手依然扶着他的腿。她往身后看了一眼——岩石的形状完好地庇护了他们，使得任何从灵长动物区过来的人都看不到他们。她向上侧了侧头——上面只有树顶和天空。他们不可能被看见。

接着她检查展区周围的篱笆，左右扫视。她并没有特别关注他们所在的围栏外面有什么，但此刻她觉得绕着篱笆的葡萄藤不像看上去的那么厚。透过葡萄藤，她可以部分地看见其他展区的后部。她试图想象动物园的地图，推测她正在看着的区域一定是非洲展区的一部分，最有可能的是犀牛区，但也有可能是不再使用的关闭了的围栏。沿着另一个展区的篱笆生长的竹子高而密集，她看不见竹子那头的任何东西。透过藤蔓的另一个缝隙她看见几段火车的钢轨，在其旁边，是一条弯曲的沥青路，她不知道它通往哪里。有可能是寻常的步行小径，但她记不起来他们是否曾经从外部的小径看到过豪猪展区。有可能是只有管理员才会使用的后门通道。真的，最要紧的是，如果有人从那条小径走过来，会看到他们吗？

她没有想到藤蔓中的缝隙是如此之大。

她现在听不到任何令人心神不安的声音了——没有脚步，没有枪声，没有警笛。她想知道为什么再也听不到警笛了。

她意识到她从没去查阅保罗发送给她的链接——她当时没法一心多用——她抓过手机，用大拇指刷过屏幕。她点入一个本地新闻网址，两段简短的文字横跨主页，其间夹杂着“扫射”和“单身男性”和“怀疑有多人受伤”的字眼儿。这篇短文的最后一句话是“警察目前正在现场”。

最后那句话的空洞简直让人愤怒，对她而言毫无意义。警察是在停车场还是就在几英尺之外？他们是从直升机里空降下来的吗？是只有十几个还是一百个？

林肯再一次推开她，她随他去了。她猜他需要伸展一下腿脚。当他走了几步之后，她抓住他的衬衫，把他拉了回来。

“别跑远。”她说，“我们需要待着不动，保持安静，直到警察来。”

“警察来找我们了？”

她忘记提这事了。

“是的，”她说，“我们要在这里等着，直到警察到这里来，抓走那个带枪的家伙，接下来警察就会过来告诉我们，我们可以回家了。但我们必须非常安静，因为我们不想让坏人看见我们。这就像是捉迷藏。”

“我不想要捉迷藏。”

“小声点。”她再次说。

“我不喜欢捉－谜－藏。”他说，用一只勉强可以称得上是小声的音调。

“当你不得不自己藏起来的时候，你当然不喜欢。”她提醒他，“但是这一次，我跟你一起藏。”

他在地面和草丛间拖着脚步走，用网球鞋的鞋尖擦着地，蹭起一阵阵小小的尘雾。有那么一阵，他什么话也没说，只是看着自己的脚蹭步。他把一只手摸上岩石。

“那巴那巴那巴那巴那巴。”他开始唱。在最初五个音符之后她听出来，这是密歇根州立大学运动队的战歌。有时候他唱歌是没有任何歌词的。他平时是个精力过剩的小孩，永远在动，在发出各种声音，通常来说，这不是件坏事，但现在她被他搞得心提到了嗓子眼儿。

她咬紧了牙关。她是在感觉到自己的下巴在跳动时才意识到她一直在咬紧牙关的。

“那巴那巴那巴那巴。”他还在重复，调子很准。

“太大声了。”她说。而她自己也很大声。

他点了点头，似乎他正盼着她的这种反应。他已经在盯着什么东西看了。他单脚站立，在找平衡。

“妈咪，我跟你说哦，”他低声说，一边把头往建筑物侧了侧，“那是一只宾尼（biney）。”

“宾尼？”她重复道。

他抬起一只胳膊，指着伸出墙来的一个户外水龙头。“是的。”

“那个看着像水龙头的东西？”

“是的。宾尼的样子就像水龙头，但它不是水龙头。”

“跟我讲讲吧。”

“关于宾尼？”他问。

“是的。”

她没有在咬紧牙关，她没有在艰难呼吸。她觉得她听起来再正常不过了。她几乎可以肯定，她听上去也不再像是个律师了。她要保证每一次说话都像现在这样——确保每个字都是冷静的、放松的，确保她听起来依然像他的母亲，而不是某个将要尖叫哭号或是扯自己头发的疯女人。

他往她走近了点，但没有坐下。也许他可以感受到这个疯女人正在徘徊走动呢。

“好吧，”他说，“宾尼有一个头，一个象鼻子，还有长牙。它们有着长长的身体，还有腿毛。”

“还有呢？”她悄声问。

“它们没有嘴。它们用鼻子吃东西，用眼睛闻。它们不能有舌头。”

"它们住在动物园里？"

"是啊，"他说，"只能在动物园。我从来没有听说过野生的宾尼。"

"它们危险吗？"她问。然后她希望她没问。她可一直在试着分散他的注意力，他不需要任何关于坏东西在附近潜伏的提醒。

他看上去不像是很烦的样子。

"有一些挺危险的，有一些不。"他说。

"那一个危险吗？"她问，一边朝那只户外水龙头看。

"不，"他说，"那是一只爬行宾尼。它们喜欢在树与树之间爬来爬去，但如果它们上下爬不了，它们就会贴着地爬。有些宾尼是草做的，有些是植物或是内衣做的，或是肉做的。"

她想了想那种情形。她让自己做出微笑的样子，因为通常来说，这就是她将会做的。

她爱他的喜欢发明。曾经有一回，他在酒店大堂里抬头看她，宣布：我的口袋里有两个小女孩，很小的小女孩。一个叫露西，一个叫作消防员。还有一回，他告诉她，他所有的绒毛动物都去教堂了，而在那个教堂里没人穿外裤。

这挺好的。她想。与其恐慌，不如自娱自乐。

"但是它们看起来像水龙头？"她很小声地鼓励他继续说

下去。她过去并不知道她可以这么温柔地说话。

“它是一个捕食者，”他悄声说，仿佛这就是她提出的问题的答案。“也是爬行动物。但它们很像河马——它们可以具有攻击性。”

她试图去回想他们看过的哪本书上有“攻击性”这个单词——关于短吻鳄的那本？或是关于古希腊人的？——直到她的手机在双腿间又开始颤动。她用一只手掌罩住手机屏幕，读起丈夫的短信。

忍不下去了。必须问个音信。和我说话。

她紧紧捏住手机。保罗肯定在想象可怕的事。如果你总是期望最糟糕的事发生，你只会收获惊喜。当他们刚开始约会的时候，他这么跟她说，而她也告诉他，那是我听说过的最蠢的事。有时候，他先入为主的悲观会成为他俩之间的一个笑话，但不是在现在。现在他是有道理的。

我们挺好的，她回复道，我们在一个真正安全的地方。我会让我们安全的。警察们已经在动物园里面了吗？

不知道。没有人会在电话里告诉我任何事。我正赶往动物园。

“那只宾尼不能动，妈咪。”林肯低声说，“那边的那只宾尼一点都没动。”

“但我刚才觉得它是一只爬行宾尼。”她说，同时一边在手机上敲字。

一个男人，她想。以及一整队警力。难道不应该有武装好的卡车和夜视镜以及瓦斯或是 FBI 特工？自从她听见最初的那些枪声，已经过去半个小时了。

为什么要花这么长时间？她键入。

不知道。我会搞清楚的。爱你。

林肯在说话。她觉得他已经重复了若干遍了。

“什么，甜心？”

“它以前才爬。”他说，“那只宾尼以前是爬行的。妈咪，它以前——”

如果你忽略他，只会让他不停重复。

“好吧。”她迅速地说，“对的。那只宾尼以前才爬。”

他在咬着他的领子，盯着那只龙头。

“我觉得它死了。”他说。

她看着他，手机依旧在手里闪着。

“我觉得它有可能是睡着了。”她说。

“不，”他说，“死了。宾尼很容易就会死。”

她继续往下盯着屏幕，她告诉保罗她稍后再跟他汇报。她第五次或是第六次跟自己确认，手机肯定是静音的。她强迫自己把手机放在身旁的地面上。又一次，她孤单地跟儿子在一起，没有人来帮他们。没有人，除了一只死掉的宾尼。

“我觉得它是在睡觉。”她重复道。

他在咬他的衬衫，不断地撕咬自己的领子。正常的情形下她会叮嘱他停止这么做，但这一次她随他去。

“我渴了。”他悄声说。

她很开心谈话主题变了。她把手伸进皮包，很高兴她不用像平时那样坚持他必须去自来水引水口去接水喝。

“给你，你的小口量。”她说，一边递给他的塑料水瓶。

“嗯。”他吞了好大一口之后说。他的上嘴唇旁有一圈闪亮的绒毛。“还挺凉的。”

他又喝了一些，水顺着他的下巴流下，最后他放下了瓶子，用衬衫擦了擦嘴。

有那么一两次，当她对成年人说话时，用了“小口量”代替“喝的”。在他们家，这个词像词典里的任何事物一样真实而理所当然。在他来到这个世界之前，这个词包括其他许多词甚至都不成其为词。围嘴是“整洁的狗”，因为他们有一本书讲的是一只邋遢的狗把食物溅得到处都是，而一只整洁的狗会戴围嘴。我可以有一只整洁的狗吗？如果他看到自己的衬衫变脏了，就会这么要求。他把自己的指关节叫作手指膝盖。而他小的时候，会有一整套自己的单词系统。那时候太小了，小到还谈不上有自己的性格。有一段时期他把球叫作“达斯”，葡萄干是“杂在”。他如果想要画画了就会吸鼻子，因为他们有一次试着用鼻子画而不是用手指，显然那次经历给他留下了深刻的印象。

他曾经把一只胳膊插入空气中，手腕弯曲，那表示“火烈鸟”。

当他想要更多鸡蛋的时候，他会发出一串嘶嘶声。嘶嘶嘶嘶嘶嘶，就像他们用煎锅煎东西时候发出的声音。他创造并活用了他自己的语言。

在他之前，有太多事物从没存在过。

凯琳

有一件事是凯琳知道的：都是母亲的错。如果母亲没有夺走她的手机，一切都会不同。凯琳会站在这里打电话叫警察或她爸爸或是任何人。人们一定会急切地想要听到她的声音。她想起那次车祸她得了脑震荡后维多利亚在学校里是如何张贴了上万条信息的，每个人都担心得很，而车祸比起被困在动物园里的储藏室里，那根本就不算什么。

可是，不，正因为她连续三个早上都睡过头，错过了拼车，而母亲不得不开车送她去学校，正因为如此，她没有手机。这是一个好机会，母亲会对整件事觉得内疚，那么凯琳会得到一部崭新的手机。

这几乎足够让她打起精神来，但也好不到哪里去。钢化门在她的手下坚固又冰冷，她喜欢它光滑的金属感，因此她伸展手指，仿佛要在上面印下自己的手印。她的手上沾满了黏糊糊的番茄酱。

这里只有她一个人。而如果她有了手机，就另当别论了。

还有，在她迟到的第三天，当时她从卧室窗户里往外看，看见本来要和她拼车的其他几个女孩正离开她家的车道，她跑下楼去追她们却没追上。是她们离开得太快，并不是她的错。那次肯定不应该算迟到。但她母亲根本不介意。

凯琳滑动门闩，咔啦啦地打开了门，从最细的小缝隙里瞥向外面。什么也没有。没有人。她把脸上的头发推开，咬向一块动物饼干。是一只长颈鹿。糖盖过了她嘴里的棉花味儿，即便她更情愿吃洋葱圈或是炸薯条。

食物总是管用的。

她爸爸常常取笑她不想要独自待着的心情，取笑她喜欢在有人的房间里做作业——在书房里，跟在看电视的他在一起，或是在厨房里，跟正在擦洗料理台的母亲在一起。他说她甚至不喜欢独自待在自己的卧室里，那肯定是对的，因为她跟妹妹们共享卧室，哪怕父母告诉她既然她是老大，她可以搬去地下室独享自己的空间。她喜欢在试图要睡觉的时候能够听见别人的呼吸。

她期待母亲能在这儿。

她此刻很好。她在可以想象得到的最安全的地方，如果任何人过来，她可以锁死这扇门，他们永远找不到她。害怕是无济于事的。她父亲就不会害怕。当他还是个孩子的时候，就带了把手枪进入森林射杀动物，然后把它们解剖，看里面的身体结构。他把椅子投入火中，就为了观看它燃烧。他从来不会坐下来白白期待什么。他行动。

她期待她也是行动派。

她吃了另一块动物饼干。这回是一头狮子。

玛格丽特

玛格丽特总是掐着点儿安排自己的散步，因此可以在下午五点十分抵达大象区，那个时候通常来说饲养员已经在喂食围栏里，命令动物们向前、退后、跪下或抬脚。饲养员说这套每日例行程序是用来检查动物的关节或是蹄子有没有问题的，但玛格丽特怀疑他们只是乐于炫耀罢了。

无论如何，她喜欢观看。这是免费的马戏表演，而动物园里的其他人都不知道它正在上演，她也无法想象那些穿着慢跑服的伤心的老人到底迷上了什么，以至于要通过绕着购物中心一圈圈地跑来锻炼身体。她每个周一、周三和周四都来这里，神清气爽地走过来，正好一个小时，就如医生推荐的那样。她总是在大象们被领到它们那金属与砖块搭建的建筑物中之后才回到停车场。

玛格丽特一直都很准时，而饲养员不。有时候她到了，而围栏空空的，只有一对茫然的大象。大象比饲养员更可靠。她怀疑饲养员们都是千年主义者，相比起自己的工作，他们更在乎瑜伽和内心的平静。

今天，当她看见面前的这个空荡荡的围栏，令她惊讶的不是人的缺席，而是大象的缺席。她可以看见它们在远处，正在缓慢而笨拙地通过一片景观草场。它们远离了日常的路径。她站在一个大型金属板条箱的阴影中等了几分钟，一直戴着耳麦——她的帕特里夏·康薇儿有声书只剩下两章了——她抬起头盯着板条箱上的标记牌，上面写着：你有没有好奇过你是怎么运输一头大象的？

她最终摘下了耳麦，把MP3播放器放入口袋，然后立刻就发现了不对劲。她感到紧张，虽然并没有明显的原因。她断定不过是寂静令她不安。她看了看表，惊讶于都忘记时间的流动了。可是不，离关门还有好几分钟呢。

通常来说，此时她会看到有几名其余的参观者三三两两往出口处拖着步子走。今天她什么人也没看见。

当然了，她正站在大象区的一个陡坡的底部。身处在她前方的小山与她和右侧的金属箱之间，她能看到的视野非常有限。她开始走上小山，并晃了晃脑袋，想要甩掉不安，但在抵达山顶之前，她听到了两声短暂的声响，像静电干扰的小噼啪或是打雷的咔咔。差不多同时，她听见了一个人声，非常刺耳，音调单一。她觉得那近似于尖叫。

她又迈了一步，足以让她看见主题餐厅的铺了茅草屋顶的亭子，她也听见了朝她迅速走过来的脚步声。她说不出为什么，但她立刻转过脚跟，朝来时的方向下山；转身的动作让她的膝盖关节发痛。她忽略掉疼痛，赶紧穿过大型金属板条箱的开口，箱子里面比她原本以为的更幽暗。

她抵在箱壁上，胳膊贴着冰冷的金属。她觉得傻兮兮的，可她进一步朝阴影深处走去，一边继续打量板条箱的开口，注视着大象围栏处的沙地那不变的景致。她听见了更多的脚步声，接着听到了寂静的人声，然后脚步声变快了。她听见有人在把弄金属或是玻璃。一扇门砰地被摔上。更多的破裂声。

她好奇大象们是否感到了灾难的来临，所以才会表现得那么不同寻常。她项链上的绿松石冷冰冰地贴在皮肤上，她用手指摸着它。她买它是因为它跟她的羊毛外套颜色一致。至今她都为这种完美的搭配而觉得满意。

她不知道过去了多久时间。她没有挪动，因为，无论发生什么，玛格丽特不相信自己能够迅速反应。她喜欢仔细考虑一个问题的全部前因后果。这一点在她把头发染成蜜杏色，以掩盖其本身的灰白时表现得很好，在她买了一座还算新但并不惹眼的独栋房，而不是屋顶被装饰得花里胡哨的艺术别墅时也很管用，她的这个特性也让她对于女儿在家里教外孙的决定缄口不言，虽然外孙自己可能会去找一些社交活动。

玛格丽特想起了女儿的脸，看起来总是一副疲惫的样子，因为她离家时拒绝上口红。

一只会叮咬人的小虫潜入板条箱，在黑暗中迷失了。她已经有好一阵没有听到任何动静了。在过去的某一刻如此真实的感觉，此刻看来仿佛是恐慌症发作，她感到一种熟悉的对于早期阿尔兹海默症或脑瘤的关切，那种对于自己身体状况的担忧。关于奔跑和远处的尖叫还有各种各样的解释。比方说，青少年的胡闹。有可能她已经被锁在了动物园里，不得不等着遇见一位非常傲慢的工作人员来给她解围。如果再窝在一个大箱子里更长时间，她恐怕无法继续保持清醒。

于是她走了出来，注意到太阳已经消失在了一排排树木的后方。她缓步走向山顶，给自己的膝盖一个放松的机会：站着不动对它们而言是最糟糕的事。她看不到任何东西，除了一成不变的展区——她的右边是游戏场，灵长屋里，猴子们在绳子上摆来荡去。

她已然成了一个神经兮兮的老妇人。

她往下看着步行道，直奔撒哈拉小食屋或是管他叫什么名字的小吃店而去。她可以听见自己的橡胶鞋底与水泥地擦碰的声音，空气闻起来奇怪又熏人。途中，她偶然踢到了一个被人遗留在地上的婴儿杯。她经过了餐厅凉亭的茅草顶，而当她从其荫凉处走出，她看见了丛林植被组成的树篱中有什么东西从中穿过。自动售货机阻隔了她的视线。有可能是植物在风中摇动，但也有可能是一个人在其他小路上走动。一个工作人员？她有可能跟他迎面遇上。

她开始横穿水泥地面，朝可乐机走去。正好在她抵达自动售货机之前，她看到有一扇通往餐厅内部的门。

她只在经过那道门时才注意到它。

她只在它开着的时候才注意到它。

她只有在里面一闪而过的一只手将她往后拖时，才注意到它。

罗比

他已经弄丢了马克。罗比此刻一个人站在这里，盯着那些猪，不知道该做什么。马克肯定会知道该怎么做，他不能就那么消失掉。但是，马克，他太安静了。这可是个问题。他可以在你不注意的时候就悄悄溜走。

从来没人说罗比安静。

他和马克刚刚站在湖边，互相挨着，而彼时第一声枪响正划过空气——你看不见实际的子弹，但你可以看到从鹦鹉栖息地溅过来的碎砖片以及树叶和枝条的碎屑，当然还有羽毛，明亮的羽毛。空气被搅动着，却又凝重非常，仿佛一个越来越快的风暴中心，以前从没人告诉他枪可以造成这种效果。有尖叫，语无伦次的那种，还有许多人的名字被喊出来——“伊丽莎白！”一遍又一遍。有那么一刻，他被所有的这一切弄懵了，僵住了，然后他和马克就开始跑，跟随着还能够移动的少数几个人——在那时，地上已经躺着约莫有十二个人了，有的脸朝上，有的朝下，当他往小山上冲去时还跨过了一个在呢喃的女人。他听不清她说的是什么。他们试着躲进山顶上的餐厅，但那里也遭殃了，于是他们直冲丛林猫那里跑去，马克依然在他右边。然而接下来当罗比转头往一边看时，马克不见了。因此罗比停在了这里，在这个标记有“野猪”的野生猪群旁边的有阴影的眺望台上。

这是一个非常棒的地方，因为他周身都有墙壁围着，所以人们在远处是看不见他的，但他可以通过板子之间的缝隙看见别人，并且能观察到步行道。野猪们在它们的围栏里拱着土，露着骇人的长牙。它们才不在乎枪弹呢。他很确定这一点。

罗伯不知道他是应该继续移步还是该在这里等待。他应该大声喊出来，希望那个错误的人不要听见他？

等起来更容易些。等着观察吧。他擅长于观察。

没有太多事是他擅长的。他想起很久以前的一个生日派对，他不愿意想起它——他试图把注意力集中在野猪上，集中在它们头部的尺寸以及它们是如何没有脖子以及……不，他不愿意想起那个生日，但他不知怎的搭错了脑筋，不仅没有删除掉那段记忆，反而更加清晰地回忆起他走进艾丹的派对的那一天。母亲曾经告诉他派对上会有许多纸杯，而他喜爱纸杯。当时是艾丹的妈妈应的门，她给了他一个拥抱，给他看她已经在书房里支起的一顶帐篷。

艾丹的妈妈很漂亮，有一头又长又黑的头发。她特别友善，并且赞同他关于突袭者队拥有全国橄榄球队联盟最难看的logo的看法。在他的记忆里，他跟艾丹的妈妈聊天，度过了一段美好时光，有人能够倾听他真是太棒了；而其他的孩子在做别的事——某种用衣夹和线绳玩的钓鱼游戏？——然后他需要去厕所。当他正回到门廊时，听见艾丹的妈妈在说话："我有一些话要对你们所有人说。"她在说，语气非常严肃，而他加快了脚步，因为他不想错过任何关于全麦饼干和巧克力的指示。

"我希望你们对罗比好一点。"她说。他刚好快到门道了，于是他贴住墙，让自己隐匿不见。"他是独特的。完毕。"

罗比以前就知道他跟其他人很不一样。但听到别人这么说，是另一回事。艾丹的妈妈试图让这话听起来像是她在给他某种赞美，但那可不是，他知道这一点，其他人亦然。

现在他就在这里，陪伴他的只有野猪，它们披覆着泥浆和粪，令人恶心。

那天注定会与众不同，不是吗？最终，他成为某种事物的一部分。他合群了。但也许其他人只不过是有耐心，也许艾丹的妈妈那样说正是他们从头到尾算计好的。不，那说不通。

他在裤子上蹭着手。张开又阖上手掌。他的手汗津津的。那是孩子们的派对的又一个问题——太多握手的游戏了，而他们说，哦，你的手，有一次甚至一个成年人也把他喊作流汗的孩子。但微风起了帮助，吹干了他的手掌，他不能只是站在这儿，萎靡不振。他必须思考，即使他更擅长于感觉，好吧，不能说他事无巨细都感知得到，可是他感觉到的已经很充足了。他感觉了太多。比别人感觉的要多，他有时候把这一点告诉他们，但他们不明白。

他应该专心致志。他左顾右盼，关注任何移动的东西。他应该去找人。步行道远处的斑马展区传来马尾的飒飒声。铁轨。树。松鼠在树枝之间相互追逐。他试图看着所有这一切。

在罗比弄丢马克之前，他听见他说，如果他们不逃脱这里就会死。他再一次看着野猪。他想起了他在奔跑时跨过去的那个在呢喃的女人。她穿着一身卡其布的动物园制服，她的一半裙子差不多都成了殷红色。他注视着这些野猪，想着如果能有一只做宠物会怎样，他对松鼠也琢磨同样的事，关于宠物。但同时他也在琢磨这两只松鼠的相互追逐，无论那是一种游戏还是某种严肃的事。这两只松鼠彼此对对方是什么感觉呢？

思考。

思考。

对其他所有人来说，将正确的思绪排列成行，一个接着另一个，用链子把一部部车子勾在一起，很难吗？他总是猛然转向，而一波一波的感觉再一次冲上头来。马克在哪里？他会独自站在这里直到持枪的男人们过来把他打死，而他今天犯的最大的错误就是来动物园吗？他笨吗？大部分时候，他是笨。有时候他对此非常确信，而他提起这一点总会让母亲痛恨。他母亲——他闭上眼睛，试图理顺呼吸。他为什么要这样做？为什么他总要事后诸葛亮，希望什么事他并没有做过，希望他可以从头再来，痛恨他是如何搞砸的，并且知道他会再一次弄砸？

一只野猪正在地上撒尿。它们是恶心的动物，丑陋，样子蠢笨，而为什么它们要让自己从一开始就被捉到一个笼子里？

他端起手里的枪，把枪管握在手掌中，把它举到篱笆上方。他拉动了扳机。自从他们从动物园入口过来，听过那么激烈的枪火，他的听力几乎要消失了，此刻模糊不明，因此枪声听起来并不响亮。他瞄着头、腹部和尾巴，寻求速度而不是准确；他想要射掉尾巴。他只有几码远而不是四十或五十码远了，就在射程范围里，他的这个靶子并没有像人那样移动，因此他倒被自己制造出的破坏而惊到了。第一只猪被撕开，肚子里的脏腑和血肉全都喷溅到泥土中，四处流淌，第二只也死了，而他在身上沾到气味之前从眺望台上退回来了。

没人提到过气味。

他的手指依然绕在“大毒蛇”[①] 的扳机上。这枪是经典款，而他再一次感觉到了充实。他已经控制住了思绪和感觉。他不知道为什么马克会对他胡扯他得有个手柄调节器，以及一根延长的背带会给他一个更好的角度。他喜欢这把枪正是因为它本来的样子。手里拿着它的感觉真好。

他听见了脚步声。他转过身，枪已上膛。

“冷静，傻瓜！”马克吼道，躲得如此之低，几乎跪下了。他手里握着他的格洛克[②] 手枪，枪套里别着一把史密斯与维森[③]。

罗比把枪放低。“你去哪儿了？”

“打猎。我以为你就在后面呢。你准备好了？”

罗比点点头。

---

① Bushmaster，一种武器品牌。该公司位于缅因州，创立于1978年，以加工枪械零部件和生产民用步枪为主，原本是AR-15/M16的供应商，也生产自己的AR-15步枪。

② Glock，奥地利知名手枪品牌。

③ Smith&Wesson，美国知名转轮手枪品牌。

下午6点

琼不确认她以前是否曾经如此专注于天色的变化。太阳消失之后出现的那条浓烈的色带已经扩散开，并且颜色加深了。整片天空都变成一道道的，泛出被削过皮的桃子色。色彩正在分分秒秒地增强。

她从灵长动物区内部听见了一个声音。什么东西沉重地撞击，可能是一扇门关上了，也有可能是什么东西掉下来 。类似于气球爆开的嘭嘭声再次响起——其节奏像是手指甲快速地敲击桌面——然后是玻璃的碎裂声。一声尖利的高叫，不是人声。

所有的这些声音都是喑哑的，就像音量被人轻轻地调到了很低很低，但非常显然，有人正穿过楼房而来。某个不惧怕被听见的人。

“嘘。”她对林肯轻声说，“不要说话。像雕像一样乖乖别动。他来了。”

林肯没有问她是谁来了。

“用你的胳膊搂住我。”她悄声说，“闭上眼睛，消失吧。”

她也想闭上自己的眼睛，但没有。相反，她把自己的呼吸频率调到跟他的一样。她感觉到他的手在她的头发里纠缠，紧贴着她的脖颈。她能感觉到他靠在她身上，从头到脚。

他不像有些小男孩那么不亲近人。他是个贴心的小暖男。他知道他被允许早上七点半爬进他们的床——他把那个时间称之为“七－三－零”——他勤勉地遵守着这些规则。无论他醒得多早，他会在自己的床上唱歌，直到那个精确的时间来临，然后便抱着一堆毛绒玩具，推开他们的卧室门，宣布，现在是七－三－零了。我来这里跟你们挤一挤。

她会掀开被子，张开怀抱，有时候他会把头埋在她的肩膀上或脖子旁，半闭着眼睛，然后他会说，我已经消失了，而她此时希望这一招可以管用。她希望可以把他揽过来，让他消失。

大楼内部又传来一声尖利的叫声，听起来很诡异，像是鹦鹉的，虽然那里面并没有鹦鹉。

林肯的呼吸潮湿而响亮。一只塑料袋被风吹过篱笆上方，在空中胀大，又翻滚开，像是被海浪裹住的水母。

她吸气又呼气。吸气又呼气。

她觉得她将听见脚步——那正是她期待听到的，因为故事里就是这么讲述的，但她从来没听到过跺脚之类的声音。她确认他会穿靴子，踩起来很响的那种，但唯有长时间的沉默，直到她听见玻璃门被推开的沉重的嘎吱声——这声音比她意识到的更加微妙难言——即使那时，在门被打开，又被关上后，依然没有任何脚步声出现。

相反，只有门被关紧的轻微的声音，然后就什么也没有了，她的视线穿过围栏，看着锁链篱笆，看着松树，寻迹刚刚的塑料袋，但她看见的只是一片叶子飘飞在空中，被粘到一个蜘蛛网上。她开始好奇那里是否压根就没人，是否所有的响动都是风鼓弄出的，或许，她只是想象出了那些声音。

可是接下来，便是人的说话声了，一个安静，一个反之。

“什么也没有。”声大的那个人说。

“你有没有打过猎？”声小却嘶哑的那个人说，仿佛他一直在咳嗽，“闭嘴，笨蛋。”

他们有两个人。两个男人。他们刚才一定是站在木甲板上俯瞰着展馆。那意味着他们被齐腰高的栏杆与她和林肯隔开了，有十二英尺远。她感到背后的岩体如此坚固而实在。

她忍不住根据那稀少的几种声音去想象他们的样子。那个声小的人让她想起她高中微积分课上的一个男孩。他聪明绝顶但每天都恍恍惚惚的，脑后的头发总是留得长长的，看得出是胡乱剪的。他从来不说话，除非被点名，而当文森特太太真的叫到他，那常常是因为她注意到他在盯着天花板或是系鞋带，用某种睥睨课堂的态度，那么她就会喊他的名字，声音尖锐而恼怒。她会问他几个她认为他不可能知道的专业问题，偏偏每一次，他都知道。他从来没有答错过任何一个问题。他说话的声音一直都很小，小到你不得不使劲儿听，但你实际上总是会努力去听，因为你会觉得发生在他和文森太太之间不断的、未挑明的竞争很有趣。你会想知道他是否会被人逮到他无知的一面。而他从不无知。

“如果没有人——”那个声大到仿佛故意想被听见的人说。

“没有动物。”

“这可不像——”

“再没有更多动物了。”

她想象声大的那个人是个大胖子，她怀疑他的头大到和身体不成比例，衬衫敞着，有胖乎乎的手指。是那种觉得自己跟什么都会不合拍的人。他会努力让自己合拍，而那样只会让一切更糟。

她没有把他们想象成阿拉伯人——当然，她也好奇过。但他们听起来真的不像那样一种恐怖分子。他们看上去很年轻，是有歹意的白人——难道他们不总是年轻的白人吗？——她不确定这会让他们比圣战阵营中的疯子们更危险或是更安全。

她听见第二道门开了，是通往猩猩区的那一扇。林肯这边传来了一个极小的声音，是他转了一下头，她敢保证他即将说出她的名字——“妈咪”，好吧，这几乎已经成了她的名字——她对他嘘了一下，摸了摸他的头，他没有说话，可她好奇于他的沉默可以延续多久。

他的网球鞋已经戳入了她的大腿里。

那片叶子正在以难以置信的缓慢速度在蜘蛛网上漂移，她希望它也一并停住，因为她不喜欢运动。她希望一切都静止。

她想要全部的景象都变成一幅画，任何事物都没法移动。

“你从来没想要去射一头狮子？”声大的那个人问。应该是身材重的那一个。“你从来没想过去狩猎？我知道你想。”

“那又不是狮子。”

“嗯，不是。但那东西是个该死的什么玩意儿？全身又是黑又是白，毛蓬蓬的，还长着那些牙。那东西可不是猴子。”

那是一只髯猴，她想。她喜欢它们的白胡子和忧愁的眼睛，还有它们的毛，从胳膊上垂下来，仿佛一道帘子。髯猴在狐猴和长臂猿之间的一个处在角落的展区里，通常都在自己的秋千上挂着。

“闭嘴。”那个像是来自她微积分课上的男孩说。

“一个都不剩了。”声音大的那个人说，“还有，说真的，那头野猪被撕裂的方式，你真该——”

“闭嘴。还剩下了一些。来吧。”

她注意到自己身体已经紧张到发僵。她的牙关再一次咬紧了。林肯正在她的脖颈后方敲击着。他指尖的力道很轻，但忽略这个动作，他可以说是一动不动。

“带着那玩意儿，这是骗人。”安静的那个说。他被惹恼了。“你一次就打死了三十头，有什么挑战?！有什么技术?！”

“嫉妒吗？”声大的那个说。

他们为什么还在这里说话？他们为什么还没有通过那扇他们打开了好几年的门？

“你瞎了吗，蜂蜜派？”声大的那个说，而且突然间声更大了。如此之吵，她觉得头被扯得生疼。“你是一只在淤泥里慢慢往前拱的鼹鼠吗？你是一条黏糊糊的无眼鱼或是什么在蠕动的、痛哭流涕的幼虫？”

“我不瞎。”声小的那个说，而他的声音里已经没有了恼怒。但这也不太像是他的声音。他现在说话更慢了，也更深沉了，像是在扮演什么角色。“我在想事儿呢。”

“还是那些事嘛。蜂蜜派。”

他俩有点奇怪，她想。他们的声音，以及那句“蜂蜜派”。

“你真的认为还有更多吗？”声音大的那个问。

他听上去再次变得正常了，没有了片刻之前她在他声音中听到的拖腔。她等着声小的那个人回答他，但他没有。沉默真是比谈话要糟糕多了。他们看到了她的发丝拂过巨石的一闪？他们此刻正在举起枪，抬起一条腿，要越过栏杆？要么是声小的那个人仅仅是用点头来表示回答？他们现在站在那儿是在系鞋带还是在调整马尾辫？他们有马尾辫吗？刀呢？他们聪明还是傻？还是毫无理智？有没有计划？有没有策略？他们是有自杀倾向呢还是有虐待狂他们到底想要什么？

她怎么就该知道？她甚至看不见他们。敌人就在这里，这就是她的机会，好发现一些事，任何事，来让她搞清楚这一切，但她拥有的全部都是断片——猴子和蜂蜜派和微积分——它们全都拼不到一块儿。

她听见他们脚下木质甲板的吱嘎声。

“来吧。”声小的那个说。

“先生，是，先生。”

一阵大笑。然后，随着一声“砰”，以及接下来的小小的回声，门被关上了。她意识到她正在林肯的耳朵旁边发出低沉而镇定的嘘声。她听上去就像一个装作自己是风的孩子。然而，她没有停下，因为他很安静，她也没有准备好应对他的开口说话。她的胳膊紧紧环绕着他。如果她可以，她会让他们两个都冻住足足一个小时或者两个小时，一天，永远，时间长到他记不起来那两个人声。

林肯在她的怀抱中颤动，他的头顶在她的下颌骨上轻轻冲撞着。

“我抓住了河马。”他悄声说。

她张开了嘴，但只发出了一声安静的咕哝。她咽了一下口水，又试了一次。

“嘘。”她说。

“我抓住了河马。”他重复道，甚至更小声了。

“哦。”她只能这么回答。

这是他学会的第一批双关语之一——他的意思是他打嗝了。她曾经认为这是他的第一个笑话。她现在记起来了——当她往下看，聚焦于他的脸和他闻上去带着杏仁黄油味道的呼吸，他一定是吃过杏仁黄油味道的零食——她记得，在他可以说话之前，他会假装往她跟前靠过来，要去喝她的咖啡，于是她就会说，小孩子不喝咖啡的！而他就会笑得前仰后合。

他过去认为把脚放在书上是件非常滑稽的事。

她把他从怀里轻轻拉开了一些，让他俯在自己膝盖上。

“试着屏住呼吸，然后吞下这口气。”

“我有河马。”他再次说，一边皱着眉。

她朝他眨了好多次眼，才意识到：通常，当他开关于河马的玩笑时，她总是会笑。这就是问题所在了：他知道她会笑，而她至今还没有笑，于是他一再尝试。

“真傻。”她悄声说，并且发出了一声她希望是笑声的声音。

枪声噼啪，穿过空气。她再也不会认为这是气球爆裂声了。她畏缩了，但即便如此，她也知道它们并非发生在附近。然而，它们挨得很紧，一连串枪声，中间几乎没有停顿。

她想起来那个安静些的声音跟那个响亮的声音说他骗人。一次三十头。

林肯又打嗝了。他没有提到枪声，她也没有。

她盯着他们眼前的景物看。只有树在摇动。

她的手机忽然活泛起来了。它在坚硬的地面上震动，即使是静音模式，依然在宣告它的列席。她注视着它发光的屏幕，捡起它来，要阻止它的吵闹。

马上这里就会完全陷入黑暗了，那样的话发光的屏幕就会越发明显。手机正成为一个麻烦。

我现在就在动物园外面。她丈夫写道。警察们封锁了一切，但我们有一群人在圣伊卡萨斯等着。到现在为止，我们有十个人了，全部都在问在里面的人的情况。那儿一定还有其他人跟你在一起。警察们什么都不会说的。

她想了想这条短信，不确定她该告诉他多少。她知道这儿还有其他人。她看见过他们倒伏在人行道上。警察们也错了：不止一个枪手。她必须告诉他这个，但那也意味着告诉他，那些人刚刚离她近至可及。

她必须回复他。

他们在动物园里吗？警察？她键入。

还不知道。都看不到动物园的入口呢。他们说就在这里等。说他们会照看好一切。我不确定我还能做什么。

她感觉到一阵熟悉的恼怒情绪掠过——她怀疑他实际上是期待她来告诉他该做什么。总有那种时候，让她觉得她在掌控一切——林肯的田野考察之旅需要带什么，灭虫人什么时候该来，牛奶什么时候快要喝完——为什么会有一千件小事落到她头上，为什么保罗会如此开心地让它们落到她头上？哪怕现在这样的时刻，他也要让她来担更多责任吗？让她来承受更多的谴责？

她俯看他的短信，其轻描淡写的黑色的字体令人难以容忍。

然而她渴望他的手写体。他每天早上都会在厨房的台面上给她留下一张字条：我正爱着你，尤其是你的屁股。你是我的第一新秀。他给她做咖啡，好让她醒来的时候咖啡正好是热的，即便他自己不喝。

他是她所认识的自我意识最弱的舞者了。

我们很好。她键入。这里起码没有球队吉祥物。

可能出现的最糟糕的情况。他马上回复。

她几乎想笑。

网上的报道认为有一名枪手。实际上有两个。我听见他们走过去。她键入。

他花了比她预期的更长的时间来回复。他肯定想象了一些更可怕的事，哪怕知道它们并没有发生。

他们从你们旁边走过去了？他键入。

他们没有看到我们。但你要告诉警察他们起码有两人。我只听到说话声。什么也没看见。

我会告诉他们的。他键入。

她知道他想说更多，但她没有给他机会。她继续键入的话是，她需要小心，她爱他，他也回复了她同样的内容，然后手机再次变暗。此时此刻，黑暗让人觉得欣慰。

“河马走了？”她问儿子。

“我想是的。”林肯说。

她正在试着让自己回复到正确的心情来跟他说话——平静，尽可能的平静——让一切正常而妥当。为人父母所需做的事情中很重要的一种就是假装出你完全感觉不到的心情。之前，当她听林肯模拟那些塑料小人打仗打好几个小时的时候就这么想过，但现在看起来所有那些没完没了的战斗是一件好事——也许他们是在操练呢。

她擅长于假装。现在、任何时刻，她都可以再次假装。

她盯着草看。她认为她看见了一条蛇，但那只是一根小棍子。警笛再一次鸣响，虽然它们肯定不是来自停车场。这一次的警笛非常密集，从远处而来，越来越近。她有一种感觉，她听见了一辆救火车——或是两三辆——而不是警车，即使她并不确定如何区分救火车和警车。

林肯话还说不利索的时候，常常在车座上给消防部打电话，一只手紧握发光的塑料小电话，一边说，你好，消防员，大城市里有一场大火。带上头盔。还有靴子。还有斧子。还有水管。

她不确定为什么她不能此刻待在这里，和这个孩子一起。她似乎决定了要重现以前各个不同阶段的他。他们仿佛是小小的精灵，围绕着她上方漂浮，摇摆而温暖。

“我听见警笛了。”他说。

“我也听见了。”她回答。

他点头。“你觉得动物园有可能着火了吗？因为枪？”

“我不那么认为。”

“那些人可能有炸弹。”

“我不那么认为。”

“那些是坏人吗？”他问，“我们听见他们说话的那些人？那个在谈论动物的人？还有关于幼虫的？”

她想起来他在学校学到过幼虫。也许是在他学习蝴蝶的时候。他倾听，思考，在脑海中把一件事拧过来倒过去地想，就像在打磨一块石头，然后他交出了成品。她刚才以为他的沉默是因为被打嗝分了神，但实际上他是在专注于其他想法。

“那些人是坏人。”她跟他确认。

“他们还笑呢。”

他听到过的故事里，坏人总是会邪恶地笑，这给他留下了很深的印象。他认为为非作歹的人不应该笑。坏人怎么可以开心呢？他问。

她的手指划过他的指关节。

“记得有时候坏人在伤害别人的时候会很高兴吗？”她问，而即使她问了，她也想起了他对她说过，你知道的，妈妈，我们读到过坏人，但我不认识任何一个坏人。我认识的所有人都是好人。

“那么那些人笑是因为他们觉得伤害别人很好玩？”他问。

“是的。”她说。

他摇了摇头。

“恶棍。”他说。

她看着他的脸，他的神情是冷静的，若有所思。他眨眼的时候，长长的睫毛刷下来，仿佛关于他的一切都被抽空了，变得柔软。他们的儿科医生把他称作一个“客观帅气的”孩子。

他出生后，她认为他是婴儿中的乔治·克鲁尼。保罗跟她说 Muddles 是腊肠狗中的乔治·克鲁尼，他还说她让自己被乔治·克鲁尼给包围了。那天她试图在林肯趴在她肩膀上睡着的时候喝椰子汤，她滴了些汤在他背上，而他整个下午闻上去都有柠檬草的味道。

风紧了。她感到鸡皮疙瘩沿着胳膊爬上来。

“你冷吗？”她问林肯。

“不。”他说。

这有可能是真的。他是个小火炉。

“如果冷了就告诉我。”她说。

“我会的。”

什么事都如此简单就好了。但愿她相信他一直都会告诉她他的所需、他的所想、他的所要。

她周围的松树底部有链条缠绕。死掉的那只豪猪一定是吃过树皮。草丛上有厚厚一层松针——她直到刚才坐下的时候才注意到，但现在她觉得松针尖锐的边缘戳到了她的手掌和腿。她听见远处有一架直升机，于是扫了一眼天空，但什么也没看见。她常常听见它们，直升机，往市中心的医院而去。旋翼的突然启动让人又心安又心寒：这声音意味着有人伤得很重——一位母亲被一个十八岁的司机追尾了？一个少年从桥上跳河了？——但也意味着有一种治疗方案已经准备就绪。一种解决办法正在启动。

直升机远去了，又有一个声音响起。有那么几秒钟她追随着直升机，努力想要听见它，不想让它走。但她最终不得不让它走，因为另一个声音正越来越响。

一个婴儿在哭。

一个婴儿。

起初，她不愿意相信，但这哭号只是越来越大声，而她知道，没有其他原因可以解释这个声音。听起来不像真实的婴孩——哭声像是锈住了，鼻子被堵住了，更像是肚子被按压时会发出哭声的洋娃娃。

她知道那不是洋娃娃。

她看见篱笆外面有一阵动静，就在竹子附近。起初，只是黑暗中的稍稍挪动，像是树木在弯腰，可是接下来一个身形凸显了，在阴影中变得明显起来。那是一个女人，长发飘拂。她走路的时候抱臂在胸，很迟疑。那个女人自身就是一团阴影，以至于她胳膊的宽阔轮廓里可能是空的，也可能是穿着一件件笨重的毛衣，或是抱着一个皮包的效果。

但哭号让这一切明显起来。那女人抱在胸前的可不是一个皮包。

“有个小宝宝。”林肯说。

“嘘。”她说，“安静点儿。”

“为什么会有小宝宝？”

琼注视着那女人沿着那排竹子移动，她觉得自己听见了一阵呢喃，但也可能只是秋日的微风。她怀疑是女人在让那孩子别出声，因为她正在做的所有的小动作都伴随着嘘声，伴随着轻微的抖动身体，即使是在她走路时。她一边从腰部开始摇摆，一边用一只手抚摩着一团模糊的圆形——那一定是小孩子的头。但那孩子并没有变得安静些，即使那声音被捂住了，不像刚才那尖利。琼知道那位母亲——肯定是母亲吧？—— 一定是把那张小脸紧紧贴在了自己的怀里。

“我看见了，”林肯喊道，“就在那里。”

她啪一下把一只手盖在他嘴上。对他的嘴的触感加强了她身体的记忆——她记起了把他抱到自己胸前是什么感觉，那种想要让他停止哭泣的感觉——他的腿能够紧凑而灵活地缩起，四肢上鼓起胖嘟嘟的小“藕节”，软软的头靠在她的臂弯，如此完美地贴合她。

而现在他在挣扎，试着要把她的手摇松。她放开了他。

“嘘。”她说。

回到当初她哄他让他不要哭的时候，有时，他的嘴会停在她的下巴上，就像一条胭脂鱼。而她在房间周围走动的时候，会稳稳地端住他，让他贴近自己的身体，而他则会有节奏地轻轻晃动，他的身体那么柔软。

“求你了。”

三个字，在空气中飘荡。当然，这个女人是在跟她的孩子说话，不是对任何她想象出来的可能会倾听的人。这三个字里有恐慌，还隐含有一百件其他的事。

“他们在做什么？”林肯问。悄悄地。

“试图藏起来。”她对着他的耳朵说，“像我们这样。”

那对母子离她和林肯蜷缩的地方有三十到四十英尺远。琼可以很容易就对他们喊话。她可以告诉那个女人，持枪的男人可能还在附近盘桓。她可以警告她待在户外，不要踏入任何一个展厅，因为坏人们正在这里巡视。她可以和她分享这个藏身处。她开始相信这里像动物园里其他任何地方一样可以起到庇护作用，安全，又令人意想不到。它已经救了她一次。

婴儿太大声了。

如果她主动现身，那个女人肯定就想要加入她？坐在她身边，分享舒适？

婴儿太大声了。

如果一个带着婴儿的女人请求帮助，什么样的人会说不呢？

当琼看到抱着小婴儿的女人时，她嫉妒她们，她觊觎她们怀抱中的重量。她想要去抱陌生的婴儿，嗅闻他们的小脑袋，用手指在他们的小掌心里摩挲，因为她爱着这种感觉，一个小身体靠着她的感觉，她很想知道是否应该告诉保罗，她真的还想要一个孩子，哪怕他们已经达成一致：有一个就够了。当她看到一个抱着婴儿的女人，她唯有垂涎。

那个婴儿，他头上的皮肤像是纸巾般皱缩。小嘴倾诉着需要，小手在轻拍。

她没有喊出来。她一个字也没说。

反之，她注视着那女人自始至终都在摇来摇去的暗影经过竹林。婴儿没有安静下来。接着那个身影和那声音都远去了，她和林肯再次变成了孤单的两个。

下午6点17分

“妈咪，我想要尿尿。”

这个男孩，他有一个钢做的膀胱。他本来几乎从不要求上厕所的。

“你可以像一只小狗那样去撒尿吗？”她悄声问。

“我不想和一只小狗一样。太黑了。”

关于黑暗，他的判断是对的。天空已经变成了蓝黑色。她可以看见眼前的手，但仅仅看得到轮廓。

“你还能够看清楚呢。”她说。

“我想要尿尿。”他说，声音太大了，“一个真正可以尿尿的地方，可以冲水的。”

“听着，”她说，“坏人还在那儿。我需要你非常安静，那么他们就不会发现我们。警察来了之后，我们就回家。但是现在，你得像只小狗一样去尿。”

他在考虑要不要照她的建议去做。在他们训练他用马桶期间，有好几个月，他只肯在他们让他戴上自行车头盔时才坐到马桶上。

“坏人可能听见我尿，”他说，“他们可能用枪射我。”

她觉得鼻子一阵发酸——这是要流泪的前奏。她有点慌：可不能让他看见她哭。

“他们不会听见你的。”她说，“我会在这里。”

而且我可以阻止子弹。她想要补充上。我永远不会让你受伤害，我会比一切可能出现的东西都要更强、更快、更机智。而事实上她甚至无须说出来，因为他相信这一点。她希望自己也相信这一点。

他的下嘴唇在颤抖，她看到他的肩膀开始摇晃。头一回，她在他脸上看到了害怕。

“妈咪，”他说，走向她，“我想要抱抱你。”

有好长一段时间，除了早上的例行公事，他从没这样要求过——在以前，这便是他开始紧张的迹象，比如说，要进入一个满是他不认得的人的房间的时候。她张开怀抱，他团身而入，脸埋在她脖子上。她可以听见他的呼吸，他的嘴唇贴着她的皮肤，湿漉漉的。他的手搅入她的头发里。当他还是个婴儿时，会在她哺喂他时玩弄她的头发，她于是不再绑马尾，因为如果她把头发束起来，他小小的手指就会在空气里无望地寻找、玩味、琢磨。

“你是我的小男孩。”她说。

她感觉到一旦承受了他的重量,她自己的肩膀反而放松了。这是有可能的，这说明了关于她的一个比较可怕的特性：他对她的需要，会让她觉得欣慰。他的鼻子蹭着她的下颌骨，呼吸得有些粗重。过了一会儿，他轻轻抽回，她可以感受到一串鼻涕挂在她下巴上。

他在她的锁骨上擦了擦他的湿鼻子。

她抚了抚领子，扯了扯领布，在自己的皮肤上把他蹭上的那点鼻涕抹开。她依然会偶尔惊奇于她居然不排斥它。即使是他的鼻涕，她也不排斥。

这是与所谓和情人在一起如此不同的一种亲密。和爱人在一起，对于彼此的身体，你可能会有一种完美的舒适感，一种他的身体属于你而你的属于他的感觉，你可能会有一种不忸怩的彻底的自由，把手放在他的大腿上，以他最喜欢的方式去亲吻他，他会环绕着你，在床上，你们的肌肤相贴——但是最终，你们依然是两个不同的身体，而愉悦就来自于接纳不同。

和林肯在一起，他们两个个体之间的界限是模糊的。她给他洗澡，擦去他身上的每一处水渍，他把手指戳入她的嘴，或是用一只手扶住她的头顶来保持平衡。他记录她的雀斑和痣，像记录他自己的擦伤和瘀青一样仔细。他不太知道自己是从她哪个部位来的。目前还不知道。眼下，她的手臂如同他的手臂一样容易接近——她的四肢几乎就是他的四肢。

他们是可以互换的。

“你还需要去尿尿？”她问。嘴贴着他的太阳穴。

“我觉得我还能忍一会儿。”

“不，”她说，“我不知道我们什么时候才会到有厕所的地方。你应该自己上前去尿。会没事的。”

他摇了摇头。

“我会在你旁边的。”她说，“你可以就在这里尿。”

“在我们坐着的地方吗？”他听上去吓坏了。

“不，在那边。看到那块有着大杂草的地方了吗？”

她感觉到他的头抬起来，然后转了转。

“我需要脱掉鞋子。”他说着挣脱了她，她知道已说服了他。

“嘘。再小声点。不要脱鞋。”如果鞋子被去掉了会复杂得多，“否则你会在泥土里光脚的。”

有那种她一点都没法说动他的时候。但也有他就像个房间，而她对其如此熟悉，以至于即使在黑暗中都可以控制的时候。

“如果脚下有泥巴会不舒服的。”她说。

“我知道。”

他走向她提到的那片草丛，开始脱下长裤，不去碰鞋子。一旦他开始尿，尿液冲刷植物的声音无穷无尽，有短暂的片刻，她想知道她关于有一丁点儿声音没关系的看法是不是错误的。可是最终，他尿完了，他还注意到他滴了几滴在鞋子上，她告诉他不用担心，从手包里掏出一张湿纸巾给他擦干净。

“妈咪？”

“嗯哼？”

“我不想再待在这里了。”

“我知道，甜心。可是擦擦手吧。”

林肯盯着湿巾，用两只手指拎着它，没有挪步。

她盯向暗处，被稀有的几点光照吸引——附近的一根灯柱传来的光，树的另一侧的一盏灯发出的微光，还有月光。她往下看了一眼手机。黑暗让事情有了变化：她知道这一点。她一直都介意手机的声音，但手机除了会发出声音，还会发光。如今光是一种罕有的、引人注目的东西。但是肯定会有关于动物园的新闻更新。从某种意义上来说，她不看手机的话，会更加冒险？当然如此。于是，她用手盖住手机，遮住屏幕，开机后，屏幕的光显得密集又令人亲切。整个世界就在那里，在一个小小的、光洁的四方形里。

她屈身俯向手机。当她查阅 www.wbta.com，同样的两行简短的字段回视着她。她查阅了另一个本地新闻网址，那里什么也没有。她查阅了 CNN，只作为后见之明，有一张动物园入口的照片——一张过于完美的宣传照片。一条突发新闻栏贴在照片的角落里，在标题下方写着，“贝雷威尔动物园激烈的枪击局面据报道已经转为了人质局面。”

她感觉到小腿肚上有一张湿纸巾朝她贴过来。

“我不想擦手。”林肯宣布。

“嘘。要小声。妈咪在看点东西。”

“我不想擦手！”他吼道，声音大到令她有点畏缩了。

“嘘！”她嘘他，一边把手机丢到包里。“太大声了！他们会听见你的。”

他凛然盯着她，她叹出一口长气。她拽过他那只还没擦的手，把他拉近了一些。当她再次开口，比刚才冷静了。

“你知道我们不得不小声，”她悄声说，“我们上过厕所后总是要把手洗干净的。不然你会生病啊。”

就算她说了，她也不确定为什么自己要跟他讨论卫生。

人质局面。

人质。

“我想要生病。”林肯说，“我喜欢生病。”

她缓缓点头。他的音量又开始变得可怕了。她百思不得其解，索性重新把注意力集中在他身上。她不能因为他的乖张就责备他。他们正在泥土里躲避持枪的人。但这也是晚餐时间，而他的心思全部都直接跟血糖相关。他的饥饿感不可避免地在加深。如果她不让他吃东西，他会哀号、哭泣，可能还会尖叫。

“你喜欢生病？”她问。

“是啊。”他挑衅般地说。

太大声了太大声了太大声了。恐惧感再一次闪过，她又把它压了下来。

“嘘——”她轻柔地说，小心翼翼。仿佛在倾倒精确的一勺咳嗽糖浆，或是解开他头发上的一团缠结。“你知道的，超人是不会生病的。”

“如果有氪石[①]他就可以。”他答道。她感觉到一阵成功的欣悦，如同她想象埃德蒙·希拉里[②]登顶珠峰时感觉到的那样。

“绿色氪石。”他澄清，“就像《地铁中的命运》（Doom

---

① Kryptonite，超人故事里的化学元素。据说超人一接近它就会丧失超能力。

② Sir Edmund Hillary，1919.7.20–2008.1.11，世界最著名的登山家之一。

In A Tube）和《地球征服者斯克雷格》（Skrag the Earth Conqueror）里出现的那样。”

“我喜欢斯克雷格的那一本。”她说。

在他抬起下巴，甩肩膀之前，她便敏锐地看出了他表情的变化。他的叛逆劲儿上来了。

“我不喜欢那本。”他说。

“不喜欢？我以为那是你最喜欢的几本之一呢。”

“那是我最不喜欢的。”

她不想再说任何让他继续反驳的话了。

“好吧。”她同意他。

“那是一本糟糕的书。”

“好的。保持小声。”

“那是我读过的最差劲的书。”

如果任由他的好战发展下去，他会挑出争论来。她用一只手盖住脸，揉搓了一把面颊，那样让她觉得好受了些。她按住眼睑，能感觉到手指下眼珠的坚实凸起。当她最终把手拿开，舔了舔她干燥的嘴唇，她尝到了土味和咸味，那可不怎么令人愉快。

“你想跟你的小伙伴们玩玩吗？”她问。

“不。”他斩钉截铁地回答。

通常来说，如果他回答得如此迅疾，你就别指望他待会还能再改主意了。可是她等待着，观察着他脸上呈现出的思绪。

“好吧，那你给我吧。”他修正道。

他心中的那份黑暗与霸道消失了，急匆匆走开了，正如它的突如其来。总是这样的。他性格中的负面因子会突然出现。而每每这种情形发生，她总能搞定。

她打开提包，假装翻找了一通，但靠着另一只手的帮助，她偷偷看了一眼手机。她因为手机的光和林肯让她分心而觉得不安，但她认为在动物园照片和标题下，会有通往真实故事的链接。只需她手划几下，去浏览新闻的正文。

反恐特警队目前正在现场——

——警察没有透露具体细节。

来自目击者们的不同报道——

依然不是详细的报道。都是片段和概述，没有干货。

“妈咪？我的小伙伴呢？”

“我在找呢。”她一边说，一边试着摸索。警察们依然觉得他们只是在对付一个人？那个人已经把自己封锁在了一间屋子里？他们相信危险已经被锁起来了，被牵制住了？

“妈咪？”林肯突然再次发声，并且声音更大了。他的语调显出了不耐烦。

她回过神来，终于从包里拽出一把塑料小人。她把他们递给他，不确定这是否是一个明智的选择——他在表演自己的故事时从来不会安静，会制造出各种战斗和争论——但她想不出其他的选择。

如果他的声响太大，她会让他安静。

她这么想，仿佛事情从来都这么简单。仿佛只要她喜欢，她总能让他安静。

“我可能编一个故事。”林肯说，一边忙着让小人们立在不平的地面上，“我有铁血战士吗？”

“我想你有的。”她说，那只空着的手再次摸了摸包里。

她的这只手把手机放入包里：这样的话她更有可能漏看短信，但皮包可以阻挡任何来自屏幕的光。她转过头，去琢磨他们的视线所及的每一处——树、竹子、铁轨、露天的空间，没有看到阴影处有任何动向。她的确听到了一个很远的声音，刺耳的声音，有可能是婴儿的啼哭。这不是她第一次听见那个声音了。她不能肯定它是不是真实的。

“妈咪，你找到了吗？”林肯问。

她用手指扫过皮包的底部，那儿放的全都是战士人偶。她摸到了钥匙和几支笔，以及某种凸起的说不好是什么的东西，当然也有具体的小小的腿和手臂以及头盔。她拽出一个——不，那是《神奇女侠》。她把她放回去，继续翻找。

啊，终于找到了《铁血战士》！她把他拽出来，让他出现在敞亮的空气里，同时拂去了他头上的几颗旧葡萄干。

“给你。”她说，一边递给林肯。

她买下《铁血战士》是因为巴诺书店正在两美元大促销，而林肯一直都在寻找某种可以玩外星人游戏的人偶。接下来有一天晚上，他们在不停换台，她看见了一部施瓦辛格的老片，那是一部剪辑过的版本，没有脏话和血腥镜头，因此她让林肯也看了。现在这个年代，在正常的电视节目中，角色们都可以随心所欲地说脏话，那么你该如何让一个四岁的孩子去选择他要看的内容呢？

林肯并没有觉得那部电影有多吓人。他注视着一个人被劈开，被挂在树上，然后他说，哦，你觉得那些东西是他的肠子吗？

他欣赏被分成块的身体。

“你觉得他可能是个僵尸吗？”林肯问，一边把他的手指摩挲过小小外星人的头。

“当然。”她说。

很有可能是有人质的。很有可能那两个被她听见一路大张旗鼓地穿过猴屋的男人已经把几个手足无措的人赶到了畜栏里，所有的恐惧都被集中在了一个噩梦般的房间里。也许警察或是 CNN 犯的唯一的错误就是算错了持枪者的人数。又或许警察把这整个的事件都彻底弄错了。

那些躺在水泥地上流血的人，他们中有几个还活着，不是吗？他们需要医护人员，不是吗？他们需要警察尽快赶到。如果持枪者依然在动物园里逡巡、搜寻，那么就没有时间等待了。没有时间去小心翼翼了。

她可以告诉警察这些。她可以让保罗告诉警察。

但枪手们劫持了人质呢？如果她是错的，而她让他们在这里讨价还价，接下来更多的人死去呢？如果枪手们已经把自己锁在了一个房间里，而她和林肯眼下是完全安全的，那又会怎样？

如果枪手们就在这道篱笆的另一侧，一颗子弹穿过她的头颅，而她甚至都感觉不到，也无能为力去保护他呢？

“僵尸有绿色的皮肤。”林肯说。

“是的。”她说。

他们观看《铁血战士》的那一夜，他兴奋得不行。铁血战士回宇宙了吗？他问，在书房的地毯上，双脚一起跳上跳下。我可以拿什么当作宇宙飞船呢？

铁血战士是个男孩吗？他是唯一有朋友的吗？他去看牙医

的吗？他说英语吗？他能生活在地球上吗？可以呼吸空气吗？他是真的吗？是在这真实的丛林里吗为什么他要在最后笑他也会像我们这样流血吗？

你会永远当我的妈妈吗？他还这么问了，就在他们看完人被剥皮和胳膊被撕扯下，以及天空被爆炸点燃后不久。

永远都会。她说。

等我长大了，你还是我的妈咪？

我会的。

等我长大了，还能跟你住在一起吗？

天啊，不能。保罗走过沙发后面的时候低声说，他的温暖气息吹过她的耳朵，可她却说，当然可以了。

因为我想要永远在你身边。林肯接着说。他的小手放在她的胳膊上，在上下臂交接处的褶皱里。

他肯定不会那么想的，等以后。但那还真是个不错的想法。

“妈咪，我跟你说一件事。”他现在说，而那位铁血战士——僵尸先生——看起来在土里挖掘着什么。“不是所有的僵尸都是坏蛋。”

“不是？”

“不是。有一些僵尸叫作警察僵尸，他们的工作就是抓住坏僵尸，把他们丢到一个大洞里。那就是僵尸们的监狱。”

“嘘——”她强调，“再小声一点。”

他自顾自地玩着，而她点点头，一边第一千遍——一百万遍，扫视着树木和他们周围的黑暗。林肯肯定是在凭感觉而不是凭视觉在操纵他的小伙伴们，即使有一丝月光，他们身后的天台也透过来一点微弱的光。她可以看见儿子小脑袋的弧度和树木的剪影以及一座座楼房的屋顶。她周围的一切都有形状，差不多可以这么说。但是如果她要试图爬出他们的围栏，她必须小心地走路——她看不清的每一步都有可能踩到的小洞或是松散的石块。

此时动物园里的那些小径会是什么样的？一串串的小灯还在闪耀吗？有更多的灯柱，指引着方向吗？当然，如果有灯的话，她就必须避开灯光，如果她要去什么地方的话。

不应该是像这样的。她已经读到过太多关于枪击的报道——她因为知道这是怎么回事而觉得有信心。枪手们进来，用子弹扫射一切，人们倒在地上，死去或受伤或假装死伤，现场如地狱一般，但也会在几分钟内结束，然后警察就来了，要么是枪手自杀，要么警察杀死枪手。真是一种可怕的模式。它有一种可预测性，这一点恰好是最恐怖的，令她印象深刻。杀戮普遍到可以有一整个序列的滚动标题来展现，以及接下来狰狞的枪手快照和受害者的笑脸度假照片做辅助演绎，更遑论脸书对事件的引用以及 “他们是如何得到枪支”的相关链接和受害者家人们发出的声明等诸如此类的补充新闻。她现在就想要这种可预测性。她想要那样一种模式。

这个——这样的一无所获和沉默——死尸依然在水泥地上躺着，一个小时之前，这并没有发生。

她需要重新评估局面。他们应该在这里等待吗？躲藏就是了，管他躲多久？躲可不是唯一的选择。

她知道动物园的边界是有屏障的——“边界”，这是一种军事词汇——可是她想象不来外墙看上去会是什么样。当然她在待在这里的时候，自始至终，都能够看见它们——她曾经经过它们，离它们只有几英寸远。它们是由什么做成的？——铁链？砖头？它们有多高？有带刺的铁丝网吗？

她想，如果她是自己一个人坐在这里，就会去制定一个跟那些外墙有关的计划。

保罗憎恨坐飞机。他们起飞的时候，他总是抓住她的手。他试着计算从他们常去的机场起飞的飞机数，然后将这个数乘以全国拥有的机场数，然后将这些数据放在一起，算出某种坠机的假想概率。数学让他觉得自在。

她想知道动物园的面积。她和林肯此刻占据了其中的三平方英尺。如果动物园的面积是一平方英里，而一英里是 5200

英尺，类似这样——你会平方那个数字吗？可能会超过 25000 平方英尺，如果她带着林肯走出这里，他们一次只会占据几平方英尺，那么和枪手同在一个空间的概率只有一万二千分之一。

她知道她的数学很糟糕。

“我过去有两只脚。”林肯说，用一种诡异的声音，她猜他是在学僵尸说话。“但是，没人需要两只脚，你只需要一只。”

有东西在树叶和松针之间移动。她有片刻的恐慌——她有过太多次片刻的恐慌，全部联结在一起。但这一次恐惧迅速消逝。管他是什么，那个东西很小。一只鸟或是一只蜥蜴，可能吧。

她小的时候很喜爱夜晚的时光。夜晚让空间变得开阔，而她母亲的家如此拥挤，所有黑暗的角落塞满了她不愿意去想的东西。可是外面的黑暗是两码事。她会赤脚到用来当作天井的小广场去，她会坐在粗糙的草坪躺椅上——当它被铸造好之后，她母亲从不肯劳烦去给它铺上垫子——她会试着分辨出各种声音。蛙鸣和蟋蟀的唧唧，有时候是犬吠，以及经过的汽车声，还有秋千在风中摇晃的铁链声，她一直都因各种声音而惊奇不已，那些她在白天都不愿意去注意的声音。

这里也同样。有着同样层层叠叠的声音。只不过此时她心中并没有神奇之感。它们只会让她呼吸困难。

她再次听到了婴儿的啼哭。

下午 6 点 28 分

风紧了，有一种新的声音——像是弹珠落在了厨房地面上。应该来自附近的一棵橡树吧，琼猜。橡子落到水泥地上，弹起来。有那么一小段时间，它们听上去像是许多小小的脚丫在奔跑。

她的屁股下有某种坚硬的东西，她拽出一块如同拳头那么大的石头，她觉得那也许是一块水泥。她手腕一使力，把那东西扔出去几英寸远，而她的手机在皮包里亮了。

你在哪里？保罗问。

她想要丈夫在这里，在她身边，想得要命。当然，她并不是真的想要那样——她永远都不会想要他处于险境中——可是她想起了他们关灯后，他身体的弧度紧贴她，彼此对对方形成了一个 S 形，腿碰腿，腹部贴着背部，她的肚脐贴着他的脊柱。

那么温柔而默契的相依。

她不愿意必须去回答他。她不想把什么都说出来。

她让自己暂时不回应。屏幕又闪动了，一则新闻来了。她感到一阵冲动，似乎预料到了什么，欣慰于到头来，手机告诉了她实际的答案。有事情发生了——警察来了。枪手们死了。尽管这些都还只是未落实的可能性，她还是把手机掏了出来，读着那些信息，然后又读了一遍，不断重复阅读，因为，这些字眼完全没有意义。

得克萨斯州的大洪水已造成数十人死亡。手机上如此显示。

她想不通人们会在别处溺死，而不是在这儿。她想不通除了这儿，还有别的地方。她仍然盯着屏幕上的词句，即使她都把新闻通知提醒抹掉了。她看了一眼林肯，他乖乖地坐着，只是坐着。他手里紧握着铁血战士，后者看上去蔫蔫的。

她得去回复保罗。

我在等待。她输入道，在想我是不是要做点不同的事。

没容她细想,他的回复立刻就来了——意思确定,直截了当。

待在那里。

她好奇于他是不是觉得全部用黑体就能说服她。

你知道的——她开始继续回复他，可是随即，她的手指停住了。她盯着手指，在光线中弯曲着它们，她觉得这个姿势像一个呼拉舞者。她敏锐地意识到，她是在羡慕自己的手指——它们可以那么自如无羁地活动。

一秒钟。两秒钟。三秒钟。

她在倾听。

有什么东西阻止了她。她知道肯定有什么东西，但过了好一阵，才知道这个“什么东西”是一种声音。

接着她又听到了。她自己在那些刮着风的水泥小径上也发出过那种声音——鞋子踩在松散的砾石碎粒上稍稍的打滑声。踢踢踏踏。然后是一声低语。这声音来自链条篱笆后面的小径，来自他们所在的围栏后方广大的阴影区域。

她迅速关掉手机，把林肯拉过来。她觉得自己仿佛一直都在去够着他，一直都在把他拽起来，因为他与她分开而紧张。别太远别太大声别太快——当然，他也会有抓住她，把她拉向他，因为她与他分开而不安的时候。

妈妈，琴起来，他以前会说。那时候，他还不会发“请”中的后鼻音。

琴起来。琴起来。琴起来。

她扫了一眼黑暗——此刻，黑暗真是深浓——她什么也看不见，没有东西经过他们的围栏。她知道竹子就在那里，铁轨也在，水泥路也在，她希望也许那个带着婴儿的女人又回到了那里，或是有其他人在寻找藏身处。她跟上帝说，这一次，这一次她会对他们喊话，会帮助他们，会与他们分享自己的藏身地，但愿那声音就来自她期待的情形。

她看不见。但她可以听见。

是低语，不会有错。是男人的低语，像是一个调不通的广播电台那般的声音。

他们并没有把自己困在某个房间里。他们哪里都可以去，畅通无阻。

“安静。”她对林肯说，哪怕他并没有弄出什么声响。“是坏人。”

“什——？”他刚要开口，她就让他噤声，而他听从了她。她迅速地默念了一声感谢上帝。即使说了，她也再次怀疑，上帝是否正因她顾及自己的孩子的程度超过惦记别人的孩子而惩罚她。她还会立刻再做一次，即使内疚感沉甸甸地压在她心上，她依然不后悔，有时候，她也因自己对上帝的想法而感到惊奇。

他们离得更近了，她几乎确定他们就在那条跟铁轨平行的柏油路上。她能听到脚步声，时不时地，就有踢踢踏踏。

那些阴影一动不动。是制服。

她不认为她和林肯是不可见的。她在脑中勾画着附着在甲板（deck）上方的屋檐上的灯光，她知道围栏的边缘是被照亮的，可是对她来说，他们藏身的这块岩石区域看起来几乎是全黑的。她扭动着手指，但她几乎看不到自己的这个动作。

可是，手机！若是他们看到手机的光，就糟了。

“这边。”一个声音静悄悄地说。听上去比她预料的要近。这是她听到过的最可怕的词儿。

“那边？”另一个声音说。

“不，在那一头。”

她还是看不到他们。可是听起来，他们就在离篱笆几英尺的范围内——也许就是二十英尺开外？三十英尺？如此之近，她可以听清他们说的每一个字。她紧张极了。她觉得，他们站着，伺机而动。

他们看到了她吗？他们现在在看着她？在瞄准？

一只飞蛾重重地掠过她的脸颊。一根树枝在她头顶断裂了。她的发丝被风吹入了嘴里，她没有理会。

“我什么也看不见。”两人中的一个说。

“嘘。”

她往下看着被她塞入腿下的手机，哪怕在黑暗中，她其实看不见它。她已经确定他们看到了手机屏幕上的光，她同样确定的是，他们会一直跟着这光，直到找到手机。全是她的错。

她明白这风险，却没有足够认真地考虑它。

她的错造成的代价实在太高了。

“妈咪。”林肯对着她的耳朵说。她其实并不确定林肯说话是真的大声了，还是她以为他大声了。

有时候，他们会隔空假装亲对方的耳朵，故意做出很响的亲吻声。林肯说，我要对你的耳朵来个“嗡”，他就会把嘴唇啪一下贴上她的耳郭。于是她便迎来他甜美又笨拙的亲吻，以及他柔软的呼吸，正像此刻，他呼出的气息的潮湿与温暖，它们出自他的口鼻，消散入空中，也部分沁入她的皮肤。

“消失吧。”她低声说，声音如此之轻，她不知道他是否听见了。但他一定听见了，因为他把头埋入了她的肩膀。

她意识到自己已经差不多站了起来，一只脚已经是支着地面了，随时准备一蹬就跑。她想要跑，但她看不见，她真的不知道，即使能看见，又能跑去哪里。他们会听见她跑动的。她不得不抱着他翻过栏杆，而栏杆现在正在亮处。

她必须待着不动。

她不确定自己是否搞得定。她也不确定自己是否会把他们招引过来。

“你确定吗？”一个声音问。

她猜这两个人就是走过灵长屋的那两个，但不肯定。她不再能够区分他们的声音了，现在他们说话都非常小声。

“有人在这儿。”另一个声音说。

“藏着呢，哈？”

另一个声音没有回答。有那么一阵，只有风吹过、叶落下，以及什么东西在远处鸣响。她没有移动，只是用一只手抚摩着林肯的头，一遍又一遍。

有一声叮当响，篱笆那里有动静。也许有人的鞋子或是胳膊碰到了篱笆上的铁索，抑或是某人踩空了。她觉得她可以辨认出人的头和肩膀的形状，在黑暗处，看起来就像是扁平又毫无特色的纸娃娃。

“你走丢了，可是现在你被找到了。”其中一人用唱歌般的声音说，虽然他并没有怎么唱。他现在是在荒腔走板地哼唱，声音起起落落：“你自由奔跑 / 被抛弃，被放逐 / 可是现在，你属于我。”

他继续哼着，声大了些。她想象他此刻正在微笑。她有点儿期待他会开始用手掌给他自己拍出节奏来。

“你引路，但你知道我会跟随 / 你的脖子光光 / 但你低着头 / 我已拽住你的衣领。”

如今她已经能非常清晰地听到这个声音了。她觉得这是早先的两个人中声小的那一个。是声音薄细而尖亮的那一个。他曾自称是狩猎专家，现在看来并不在乎狩猎其实是需要保持隐秘的。

又或许他只是足够自信。

“我已拽住你的衣领。”他再次重复，同时一只手——哦，不，用某种金属物——沿着篱笆摸索，制造出了几乎像是音乐的一种声音。

她试着稳住呼吸——她本来已经几近喘息了。她连内心都在颤抖。

“我有一个雏儿，她跟我说她最想要的就是和平。”他俩中的一个，用他们此前故意做出的一种拖腔说。好吧，哼唱终于停止了。他们聊得如此大声，她如今知道他们并不是明显健忘或是公然自信，他们就是想要让任何躲在这里的人听见他们。

篱笆那边刺耳的吵闹依旧。沉稳，仿如金属。一颗橡子落在地上，发出安静的“卡啦”声。

“你做什么了？”另一个问。

“我做什么了，蜜糖派？”拖腔说，“我给了她好多好多的碎块。她的胳膊与腿与一两根手指。”

他们两个都笑了。这愉悦而默契的笑里有某种东西——一个老笑话——让她意识到：他们在引用某个节目。

她听不出这些话出自哪里，但她确认自己是对的。她有一个旧男友，能够重复《大白鲨》里面的对话的段落。回到她哥哥依然和她住在一起的时光——对于那段并非只有她和母亲两个在一起的时光，她记不清多少了——他把《星球大战》的台词用作了日常的谈话，听上去给人的感觉就像此时听着两个人说话。她的男友和哥哥会在不同的语言之间随意漫步，把词糅汇在一起，包含所有种类的含义，他们自己坦然而明白，她却如坠云里雾里——对他们这样的谈话，她又眩晕又佩服。此时她对这两个哼唱的声音也是同样的感觉。

那么一千一百个人走进了水中，三百一十六个人走出来，鲨鱼带走了剩下的。

这些不是你正在找的机器人。

篱笆在嘎嘎响，仿佛这些人在抓住它摇。当然了，他们压根不可能移动它——这么做的唯一意义就在于弄出声响。

他们已经穿过了小径，接近了竹林。即便在一团漆黑中，她也可以看清楚他们的移动。他们也摇动着那道篱笆。

“我用我的小眼睛来发现。”一个人喊出来。

可是他们什么也看不见。她现在知道。他们在玩游戏，他们希望能够驱赶出他们的猎物，就像她父亲还活着的时候，会用拉布拉多犬驱赶出鸽子；鸽子会飞起来，他会开枪射击，狗狗会带回一只，如果那只鸽子还没有死，她父亲会扭断它的脖子，把它扔到地上，因为他说对鸽子来说，那种死法不会那么痛苦，然而，依然会有血从鸽子脖子上的洞滴出来，还有一只小小的带着鸟嘴的头留在草丛里。她只记得他就带她去打猎过这么一次。

“你发现了什么？”其中一个男人以正常的声音问道。

“某种暗暗的东西。”另一个说。

他们又笑了。她好奇于他们是否喝高了。

林肯的头埋在她的颈窝里，发出了声，听起来像是被你踩到脚爪的 Muddles。

当那两个男人在笑的时候，她内心的恐惧冷静下来，而后又加重了。她激动地意识到她在生气。这些愚蠢的人在朝她哼着儿歌。让她的儿子在她的怀抱中呜咽。她记起在大学时，她和同学们在一个据说会闹鬼的屋子里玩闹，她的身前有一个大块头——远高过六英尺，体格像是足球运动员——离她如此之近，以至于在他突然间停下时，她撞到了他的背上。“激战”开始，那个大块头成为她很好的屏障。在一阵频闪之中，一个戴着面具的僵尸带着一把没有锯锋的链锯跳了出来，离她的脸不到三英寸，和她眼对眼，这令她大声尖叫，声音扭曲到连自己都觉得难堪，也一定是吓到了那个大块头，因为那个家伙——在一闪而过的白光中——打中了僵尸的脸，而倒在地上的不是僵尸，是一个青少年，一边拽下面具，一边嘴里流着血呻吟着，而她一点都不为那个青少年感到抱歉，反倒是对那个足球运动员非常满意。

他们是青少年，她想，这些带着枪的男人。他们不是男人，或者最起码，不算是男人。他们是白痴。她不会让她的儿子被蠢兮兮的唱着歌的青少年杀死。

他们想要玩假装游戏么？她已经看过了那些电影，说真的，这种感觉就如同玩假装游戏。如果她只是一个角色，表演于她便会得心应手。她用一只胳膊松开了林肯——另一只手依然插在他打结的发旋里——再用刚才的那只手，在草丛里摸索之前被她挪到一边去的混凝土块。几乎是立刻，她就用手指把它环住了。边缘锐利，触感实在，非常趁手，握起来像棒球一样舒服。她把它夹在大腿下，再次在地面上展开手指，在泥土中扫圈。又一颗石块，比第一颗更大：她的手甚至无法完整地包住它。

她轻轻地调整了一下自己的角度，把林肯往前挪了挪，好让自己的胳膊可以往后伸。她无法判断自己是非常聪明还是压根相反，但她已经捏紧了手里的那块石头，拉紧了肩膀，把石块扔过他们的围栏后边的那道篱笆，希望石块能够穿过树枝，朝着铁轨或是铁轨周边的灌木飞去。

她故意不去仔细考虑她的目标。

一，二……她数数的时候，胳膊依然僵在空中，她听见石块擦过了要么是树枝要么是树叶，比她期待的声音更大，并且不像她希望的那么远，但它肯定是擦过篱笆了，落在了铁轨的大致方向。如果那两个男人还站在另一道篱笆那边的话，石块就落在了他们后面几码远的地方。

她好奇对他们而言，刚才的声响会不会听起来像是有人扔石头把他们引开，他们是否会因为坚持“不上当”而不屑一顾。

显然不是，因为他们兴奋地咕哝着，乖乖地朝声音冲去，突破布满铁轨之外空间的棵棵小树苗和丛丛荆棘，他们的脚步笨拙而不确定，却充满渴望。

她觉得希望他们扭断脚脖子的想法有点过头了。

他们的脚还在嘎吱穿行过草丛，她把手机从腿下滑出。此刻它在她手里冰凉冰凉的，无非是一大块塑料，仅此而已。不，它不只是一大块塑料。手机就是他们坐在这里，躲避那些几乎无法在黑暗中行走的男人的理由。

又一个声音——一支枪走火了。这一回听起来极像打字机，有人在缓慢而坚定地敲打着什么。她甚至都没有畏缩，虽然她并不知道为什么自己如此不害怕。可能她习惯了，而且她不认为他们是在朝她的方向开火，并且她还有一种最终要行动而不是突然担心的冲动。

她的吸气缓慢而长久。震颤停止了。她一动不动，坚挺着，胸有成竹，仿佛一样为了某个目的而被雕琢和打磨的物件。她用大拇指在手机上滑动，再次点亮了屏幕，接着用尽全力把手机扔了出去。手机越过链条系起的篱笆，朝着竹林飞去，在那儿，她曾经在草丛间看到过松针。手机向那两个男人在朝着她扔过去的石块飞奔之前所站之地的右边飞去。当然，很有可能，那两个男人会看见一个光亮的东西飞过空气，很有可能手机会砸中水泥地，然后碎掉，但是，比那更甚的是，它将宣布有人扔掉了它，而让他们发现有人在这里的后果将是毁灭性的。可她不会回到畏缩无助的状态。她注视着自己的手机旋转，它如此迅速而确定，飞过流线一般的弧度，就像它是为这个时间和地点而造就的；没有清脆的撞击声，它的落地是轻柔的，仿佛呼气一般，她都好奇他们是否听见了。

“什么情况？”其中一个人问，那双粗重的愚蠢的脚停下了，充满困惑。他们的确听见了，那样可能很好，或是很糟糕，但那是她做的事——她在幕后操控他们，正如他们操控她。突然间，突然间，她更加激动和强大了。

有一种力量在她身体里，观察一切。

她可以见到手机屏幕在远处闪耀，通过链条连接处的一个个钻石形状，可以看见一个亮点。她的目标是优雅的，虽然不那么完美，可它却是如她希望的面朝上躺着，就在竹木丛中往里几英尺的地方。屏幕上的光照亮了几段光滑的木柱子和依然在抖动的树叶。

“在那边。”其中一个说，在他们跑过水泥地，进入灵长区屋檐下的微光时，她看见了影子的摇动，接下来他们就经过了那道光圈。此刻，他们正朝着她的手机俯下身去，有那么片刻，他们的手和脸以及胳膊被微光衬得狰狞可怖。

她注视着其中一个把手机举到面前。他胡子刮得很干净，浅色头发，是白人，正如她所想。他的脸庞瘦削，长相平平，她好奇他是否就是声音薄细的那个，他的脸是不是正好和声音相配。

她还有大动作。

当他看着屏幕的时候，她把手伸到背后，握住第二块石头，瞄准两个男人之外，与她自己和铁轨相反的方向。返回动物园的中心地区，那些展区，返回一切。如果她可以描绘出她扔出去的物体，她希望它们可以画出一条直线，那条线能朝后通向人行道、卫生间和桌椅，通向那些明显的躲藏地和记号以及标签。它可以通向任何地方，但不是此处。

林肯被她胳膊的突然一抽动惊吓住了，轻轻地嘟哝了一声，接着她把石块掷了出去，最终，她听到石块击中了某种又坚固又柔软的东西。她猜想那是泥土。

“他们在跑。”安静而声音高亢的那个说。是那个拿着她手机的人。

他一定是关掉了她的手机或是把它放到他口袋里去了，因为光已经没了，她听见他们沿着人行道小步跑，跑离了她和林肯，追逐她的石块但并没有追得很快，因为他们不担心。他们在自己跟自己寻开心。

她所做的可不是火箭科学。她很有可能在她重温《侠骨柔情》或《铁血战士》或是其他她看过的动作片中看到过什么。（她想起自己在电视机前，在沙发上，林肯坐在她腿上，捏着水瓶玩，他的问题层出不穷，因为他没法观看任何节目达到完整的一分钟而不问任何问题。这是多么不可思议啊。）她可以确定持枪者们已经看过一百万种类似节目，可是她希望他们过于骄横或过于愚蠢，因此不会仔细地考虑事情。

她依然可以听到他们的脚步在水泥路上跑动，轻松而有节奏。

林肯已经如此安静，她突然想到。除了她胳膊上的疼和髋骨上的重量，她几乎忘了他在这儿。

“甜心？”她问。

他只是往她凑得更近了些，甚至都没有抬头。

奔跑者

他和马克几乎是胳膊肘挨着胳膊肘地在跑，他们的呼吸合起来，成为一种急而重的声音。即使他们没有看到任何有人丢下手机的迹象，速度却使得一切都平滑而完美。罗比从来没有像今晚感觉到这么快。他从没有感觉如此之好，仿佛他的身体是一个有力的工具，准备好应对一切。他们前方有一张没有靠背的钢椅，绕开它是很容易的事，可是他跳过了它，一只脚大声地踩在金属上。当他在跑动的时候，他就再也不是罗比了，有时候他手中的枪也会让他产生这种感觉，但并不总是。笼罩他们的黑暗以及头上灯光的闪亮还有风中摇动的巨叶——感觉这都是正确的。这就是他永远都想要的：正确。

之前感觉错误的时候——回到打豪猪那会儿——那是因为他忘记了他不再是罗比了。只有罗比会感到如此失败，如此无手无脚无脑，徒有一段没用的躯干。

“这边来。”马克悄声说，一边往左转向大猩猩展区。他不用劳神停下来看罗比是否跟着，罗比永远都会跟着他。

马克放慢步子，调整到慢跑状态。他的喉结在细瘦的脖子上显得尤为凸出，他似乎是在不停点头，这家伙看上去实在是像一个摇头娃娃。他从中学毕业以来体重甚至都没增加过十磅——没天理，罗比的妈妈浅笑着说。可是罗比知道如果她笑得出来，那么她就肯定没有明白——回到罗比第一次邀请马克过来的时候，马克曾经看到架子上的DVD，一把抓过来，喊道：“《隐藏者》？”用的那种声调是其他人找到黄片时才会发出的，而马克甚至都不用请示就直接去拿遥控器了。接着他们就在观看第一个场景，罗比自己之前已经看过几十次了，那个场景是一片漆黑，然后，缓缓地，光亮的小点出现在了浓黑中。

那就如同你看向太空，而接着镜头往回拉，你实际上看向的是一段树干中的一道缝隙。光点是某种小虫，像是蛆或是白蚁，只不过它们是荧光的，接下来你看到的是整棵树，硕大的树，然后你看到了其他的树，你意识到这是一片丛林，但不是任何你曾经看到过的丛林。你没能在影像中看到天空。树木是如此稠密，万事万物都在阴影中，树叶巨大如成年男子。这些硕大的树叶在头盔旁翻飞，绕着来复枪卷起，罗比一直都觉得如果树叶们也那样抵绕着你，你都没法呼吸，即使树应该是制造氧气的，起码地球上的树是那样的。实际上，那就是关于这部电影最酷的地方：你从不知道这里是地球还是其他星球。因为那些人是人类，可是在夜晚，树叶像益达口香糖那样发光，那些人在猎寻的东西永远都被他们全部都是羽毛和长发绺的头饰所掩盖。

“你知道我们已经把那女人弄丢了，对吧？”马克说。他的肺活量很不好，因此每说几个字都要停一下。他永不可能做一个运动员。“没有东西暗示我她在哪里。”

罗比依然停留在对那部电影的回忆中，他花了片刻才把自己抽身回现实中。

“女人？”他问。

“丢下手机的那个女人。”

“你怎么知道是个女人的？”

马克掏出手机，开机，屏幕亮起，罗比可以看到一些模糊的影像。

“是她孩子的照片。”马克说，“一定是个女人。”

罗比并不信服，但争论是无济于事的。

“那么我们为什么还在跑？”他问。

马克扬起胳膊，接着传来手机撞在人行道上的声音，这真是一个美丽的声音。接下来的一秒钟，他们跃过了碎得七零八落的屏幕和外壳以及内芯。

“寻猎继续。”马克说，“我们就是秩序，我们就是希望。”

那时罗比知道马克也感觉到了。他们是如何把寻猎的其余部分留在了大门外，在停车场那里。而在此处，他们的寻猎才刚开始。

星巴克——八个月前。苹果蜂——四个月前。Bud’s Burgers——五个月前。天哪，他当时都准备好要离开（留下）那个地方了，因为那里充满严重超重的疯子，仿佛只有胖人才被允许通过那道门，他们的肚子令其踌躇不前，如同蛋糕盘上的蛋奶糊。这会让你想要拿起一把刀切开这一切，好看看如果没有巨大的脂肪团，这些可怜人看起来会是什么样。

还有古旧书店和福乐鸡以及西尔斯百货——两个月前——最近一次是 CVS，离现在甚至不到一个月。

他愚蠢的老板，自满得不行，因为他是药店的经理。嘿，你都四十岁了，管理着一个药店，那么是啊，哇哦，你真的是一鸣惊人，让大家刮目相看呢。路易莎·布兰森，那个他肯定他们一起去打保龄球时度过了一段愉快时光的女孩，当他第二天晚上再次打电话邀约她，她跟他说话的时候，甚至都不愿意停止看电视。她说她母亲认为她应该集中注意力在考大学上，而不是约会，可是他知道她母亲只不过是不想让她和他约会。

因为那就是父母们所想，尤其是路易莎的母亲，有着松垂的凸眼，从没工作过一天，是那种很有可能生来便形容丑陋、被父母恨不得像淹死一只猫一般除掉的人。在路易莎之前还有安吉拉·维拉德，她最初还挺和善、甜美、羞涩，但她很快就表现得像是一个愚蠢的贱人，他其实从一开始就应该知道这一点。

贱人，甜美，羞涩，他的脚撞击人行道发出的声音仿佛诉说着这些。

罗比八岁的表妹问他是否会给自己的母亲付房租。他好奇于她从她父母那里听来了怎样的谈论，以至于让她这么问。家族的那一面说明他们是基督徒，但他们喜欢将人们割裂。他们是肮脏、小气的人，有那么多粗鄙的人，但没人能看见彼此的粗鲁与肥满。没有，没有，每个人都忙于认为罗比是弄糟事情的人，是懒惰的那一个，他们如此眼瞎，他们太可悲而他们甚至都不自知。

他们所有人都被抹去了。都抹去了。

我们是秩序 / 我们是希望

我们是秩序 / 我们是希望

这便是镜头往后拉时越来越响亮的哼唱，如同军人行进时的吼叫般的节奏，在唱出最后的希望时，声音一直在升高，但有好几秒钟，荧幕上只有树，直到一个身影开始跑动，沉默无声。这个身影被一个穿着光泽而平展的制服的士兵追逐着，你几乎为这个被人追逐而奔跑的影子觉得抱歉了，那个瘦削、除了头饰几乎一丝不挂的家伙。接着，当士兵抓住那东西的手——那是手还是什么更奇怪的玩意儿？——它的另一只手碰到了士兵的脸。士兵僵住不动，弯下腰，脊柱曲成拱形，然后倒下了。

更多的士兵到来，他们排列整齐，步履一致，而那个东西潜伏在灌木丛下。你第一次看到了哈丁上尉，他不发一言地举起了一只手。接着他迈向了灌木丛，把手伸入了树枝。他拽住了 squab 的一只脚踝，后者又是咒骂又是踢打。他用一只戴了手套的手抓住了 squab 的手腕，阻挡她有毒的手碰到他的皮肤。他微笑着对她唱歌，你迷失了，可是现在你被找到了，从那一刻，当哈丁的手指环住她的脖子，你看他的脸——你可以说，哈丁抓住的是一名雌性，因为她有胸，尽管被某种略带紫色的金属盖住了。你知道 squab 们是邪恶的，而士兵们是好的，于是当上尉扭断她的脖子，你很高兴。

“回去，朝湖那边去。”马克说，一边往上提他的牛仔裤。“让我们结束这一圈。”

“行。”罗比说。

“嘘——”马克说。

你高兴于哈丁意识到遏制 squab 的原始使命是有瑕疵的。

遏制是不够的。因为 squab 们已经开始冒险跨过丛林的边界，进入无名的小城内，哈丁上尉意识到那些生物可以轻松地除掉所有人口。可是正相反，它们才必须被除掉。

squab 们说他们无意为害。他们派出了一个口若悬河的代表团，三个人，到士兵的营地里，其中一个走向前——羽毛和长发绺在风中拂动——他们说了一个似乎是他们唯一知道的人类的词，和平，和平，和平，他们把手举起来，可是他们的手就是武器，不是吗？他们可以通过触碰而杀人。

哈丁随身携带着一根长针。在夜晚，坐在火旁，他会拿出那根长针，戳脚上被靴子磨出来的水泡。他把长针滑入他起泡的皮肤，疮疤迸破，脓水流入泥土，而当他把靴子重新套上，他的表情从没改变。稍后他把针刺入一个骨瘦如柴的 squab 的脖子，一遍又一遍，那个 squab 在尖叫的时候，眼泪从其脸上滑落。泪水砸到地上时看起来就像方才的脓水——没有任何区别。

Squabs 看起来很脆弱。这是罗比最痛恨他们的这一点。哈丁要更机智，更强壮，他没有弱点。你不得不钦佩，不是吗？一个从不犯错的人？就算他犯了错，也没人会注意到，那可是一项真正的天赋，不是吗？

当他们把他从 CVS 解雇，他告诉他们他之所以迟到是因为再一次错过了闹钟。他该怎么办？他的老板长着山羊胡，自大狂傲，穿紧身牛仔裤，说“继续”用的是一种假模假式的英国腔。他说罗比的闹钟不是问题。也许他是对的。也许迟到是罗比自己的问题。但他能做什么呢？他能避免某种已经发生了的事吗？他该发明一台时间机器，回到过去，让自己及时醒来？终其一生，他从来不明白，为什么他不得不为他无法掌控的事情而受指责。为什么他不断地为那些事而受惩罚。他是一个睡得很沉的人，这事儿他没法自己控制。他没法控制自己是否忘记看计速表，以至于偶然在学校周边开到了每小时五十英里。他没法控制他是否敲错了一份预定和一张餐桌，以至于把黑豆堡换成了培根堡。那不是故意的。即使人们是对的，而他懒惰或是粗鲁或是自私——好吧，本就是这样，对吗？这是遗传的。这不是一种选择。可是那并不重要，不是吗？没人在意他在努力尝试，不是吗？

可是，不，罗比才是那个在努力尝试的人。他不是罗比。他不是那个今天离家的总是一团糟的男孩了。

你瞎了吗，蜜糖派？

Squab 是造物主创造出来的最聪明的恶棍，他有时候想。他们流血时，血是亮粉色的，无从知道这是因为光线下所展示的诡异效果还是它意味着这太残忍。血喷溅，滴在苔藓上，如同他在假日主日学校里做过的某项油漆工程。

这是那种抗生素的颜色，当时马克说，在第一天的那个下午。你知道，阿莫西林？你吃过吗？

而罗比当时想，是啊，实际上，血的颜色就像阿莫西林的颜色。他记起了那种味道，甜蜜、苍白、美味。他告诉马克他喜欢那东西。

你喜欢？马克说，他说他从没遇到过其他不认为抗生素很恶心的人。马克说起他小时候是如何在半夜潜行到楼下，喝下一整瓶阿莫西林的。

自从罗比感觉到他和某人一样时，已经过去好长时间了。

在他母亲带给他们一碗立体脆，不发一言，没有任何眼神接触后有一段时期，罗比感觉很糟糕，因为他确定她知道他不想让她做任何提醒马克她在这儿的事。他想知道那样会不会伤害她。他想知道她是不是在试图让他觉得内疚。接着他发现她在回头看，他依然可以看见她微笑的方式。她太高兴他终于找到了一个朋友。她如此释然。

有那么几次，他几乎是恨她。可是他也为此恨自己，所以那还是说明了些什么。

“登记签到（check in）时间。”马克说。他把步子放慢，现在他只是在走路，边走边咆哮。

罗比看了一眼表，那块表在他手腕上依然令他觉得古怪，可是他们都需要一块表。“好耶！”

“除非我们不需要。”马克说。

他们现在差不多是回到湖边了。他可以看到灯光，所有漂亮的万圣节装饰在远处一闪一闪。

“不。”罗比说。

“我们必须做的全部，”马克第一千次说，“是翻过墙去。我们沿着附近的铁轨，找到某个黑暗的地方，跳到樱桃街或是翻过去，到哈维斯去。走回我的车，那么我们就跟这里没关系了。没人知道。”

这就是果壳中的马克——他想要一切都简单轻易。他从不想去付车船费。如果班上需要大家交一篇论文，他就是那个从来不写一笔，给教授一些诸如有偏头疼的借口，然后喋喋不休抱怨得到一个零蛋的人，而罗比是那个费心费力在计算机实验室里忙到凌晨四点，却只写出几页，最后也勉强得个五六十分的人。他们都不及格，那么，说真的，谁更聪明些呢？

“接下来我们做什么？”罗比问，“去秘鲁，永远在海滩上生活？”

“秘鲁没有海滩，傻瓜。”马克说，“我们随便做什么都行。我们回家，吃披萨。那样没有任何意义，罗比。对他来说结局都是一样。他得到他想要的任何东西。我们已经做了我们承诺要做的。”

他们迈出了水泥路，草和松针匍匐在他们脚下。罗比看到灌木丛里有一下动静，但那只是篱笆那一头的一只鸭子。

“不，”罗比说，“我已经告诉过你不。”

既然罗比从不争辩，马克没有多少去说服他、让他相信的实际经验。他会是一个蹩脚的推销员——他只是不断重复自己。

“我们可以离开。”马克说，往前近了一些，“明天早上我们还会照常醒来。”

当罗比小的时候，他看过关于机器人或是老鼠也或许是狗的卡通片。所有那些动物在卡通片里看上去几乎一样。可是当那个机器人－老鼠－狗狗跳到屏幕上，一个深沉的声音喊了出来：“现在，大明星出场！”

罗比有时候看见戴斯汀，会在自己的脑子里听到那个声音。戴斯汀就是让这一切发生的人，是在他们身上发现独特之处的人，是一出节目中的大明星。罗比将要依照他对戴斯汀的承诺，完成这件事。

结局真的是最重要的部分。

罗比朝湖上闪耀的灯光望过去。他笑了。

下午 6 点 40 分

“我饿了。”林肯说。

琼不得不克制着，不发一言。这是好一阵以来，他头一回说话。他们此前一直都沉默无言地坐着，林肯靠在她的胸前。对他的小伙伴来说，这真是太暗了。

对任何事物来说，这都太暗了。

她居然会因为听见他的声音而高兴，无论她有多希望他说的是一些——任何——别的事。

“让我瞧瞧。”她说，即使她确认她什么吃的也没带。她在手袋里盲目摸索着，首先在掏的是内袋。

“那么，”她说，“你觉得蝙蝠侠受的是什么类型的训练呢？为了让自己更强，更快？”

他什么也没说。

“我认为他练的是举重。”她说。

她能摸到蜡笔。她也好奇为什么没有把那么多的收据扔掉。

“我觉得他还转呼啦圈。”她几乎绝望地说，“我觉得他还跳芭蕾。”

她拽出一块压碎了的迷你士力架，拨开它，递过去。

“这儿有根糖棒，甜心，一块士力架。”

他去接过士力架的时候，手指碰到了她的。“还有更多的吗？”

“我找找看。”她说。她真的没有更多的了。但是她的手依然还在手袋里摸索，她可以听见他把手指伸进嘴里时湿乎乎的声音——他似乎总是把食物送到口腔的深处——接着，她听见了他的咀嚼声。

几秒钟后，她听见他舔着自己的手指。

“有没有更多的？”他问，如此安静而悠然。

当他把头往她这里凑过来的时候，她几乎都看不见了。她无法辨认他的任何特征，甚至看不清他的眼睛和牙齿，后者她认为会在黑暗里闪光。她后背靠在石墙上，石墙冷且硬，边缘蹭磨着她的头发。

“我没有更多的了，甜心。”她说。

“我真的还很饿。你有饼干吗？”

“没有。嘿，你还有你的小人吗？”

“没有。”

“他们在哪儿？”

他不回答。

“你不想失去他们的，甜心。我们应该找到他们。”

他不吭声。她把手伸出去，放在他的大腿上，她找寻着，直到摸到他的手指。她握住他的手，他没有抽回去，可是他也没有像通常那样和她手指交缠。

“我们就在地上摸索一阵吧。”她说，“看看能不能找到他们。就像黑暗中的复活节彩蛋搜寻。只不过找的是小人们。”

他喜欢复活节。

他把手从她手里收回去。

“我要开始把他们摸出来了。”她悄声说，她知道她的声音听起来太喜气洋洋了，“现在，我们都请出了谁？”

当他不回应，她忍不住要填补沉默。

“我知道我给了你蝙蝠侠。”她说，一边把手伸入泥土，草如此干燥坚硬，戳痛了她的皮肤。几乎是立刻间，她摸到了光滑的塑料，凭着有角的头盔，她知道这是哪一个人物形象了。“我找到了洛基。我现在又在找谁呢？”

“托尔。”他说。很平淡的语气。“铁血战士。金发男孩。”

她已经找到了这三个了。对她来说，最关键的是，他并没有在这儿的泥土里遗留过什么，她手上的动作快起来，在地上画着圈。她触摸到一块尖锐的砖——玻璃？一片岩石？——但她并不在乎。

“他们走了吗？”他问，如此轻柔，她几乎都没听见。

她在裙子上擦了擦手。她关上了手袋，仔细地扣紧包口，如此一来那些小人就不会偶然掉出来了。

“那些坏人？”她悄声问。

“是的。”

“我不知道。我希望我们能待在这儿，保持安静，直到我们知道。”

“警察也在这里吗？”

“我不清楚啊。”

“他们会杀了我们吗？”

“你在自己编的故事里会让金发男孩做什么？”

“他们会杀了我们吗？”

她能听见他的呼吸。他的呼吸声可能都大过了他的说话声。她希望自己能看见他的脸。

“也许吧。”她说，“如果他们发现我们。可他们不会发现我们的。”

从大腿根到肩膀，她可以感觉到他贴近她身体的暖度。他说了一些别的什么，可是太轻柔——太轻柔了！她往前凑近了些，好听清他的话。

“什么？”她轻问。

“如果他们杀了我们，”他说，“我们的身体会去天堂吗？”

“是灵魂会去天堂。”

“哦，是的。”他呼出一口气，“而我们的身体就留在这里了？”

“是的。但我们不会想念身体的。灵魂才是重要的部分。”

“可是我们看不到自己的灵魂，或是摸到它们。”

“现在是这样的。”她说。

风又刮起来了。她感觉到冷，但并没有觉得多么惨。她不想问他是否也觉得冷，因为这有可能把冷这个想法植入他的小脑袋。

他扭转了一下身体，但没有再问更多的问题。他没有哼歌也没有叨叨。她听着树叶的沙沙、蟋蟀的唧唧，想起了保罗——现在没法联系到他——她还想知道那两个男人是否会抄回来。而实际上，继续坐在这里更难了，因为沉默越来越令人无法忍受。

“不会太久的。”她悄声对林肯说。

“我还是饿。”他说。

她第一千次地想要知道警察们现在在哪里。她可能会暂时让他平静一会儿，可是他的血糖在一直走低，随着每一分钟的过去，他可能会越来越像一只疯狂的小动物，总会有一个爆发的临界点的。

她可以把他留在这里，而她自己通过灵长区往回走，经过运动场和象园，绕过热带草原小吃吧的一侧，去往自动售货机。如果一切都顺利，她可以买上一袋饼干，两三分钟之后就能回来。他可以在这里等，她回来所需的时间无非是像她在家里上一趟厕所或是跑上楼抓起一本书的时间那么多。

这纯粹是个梦，她知道这一点。当然了，他永远不会安静地坐在这里，耐心等候。甚至两分钟都不行。他不会在他抬起胳膊之前就让她翻过栏杆，他会坚持她得带上他。如果她忽略了他，等她走开，他一定会尖叫不已。

万一这趟取零食之旅不是那么容易呢？万一那些人就在那边等着呢？万一他们把她杀了，那么他依然在这里，哭喊着她的名字，接着他们找到了他，她算带给了他什么样的滋味？

不，即使他会在这里等待，也难以想象她走开又回来的好处。从某种程度上来说，想到他们会发现他独自在这里，想起他们举起枪时，他是如此幼小而惊惶，这是一件恐怖得多的事。想起如果上述情况发生，她会抱紧他而且——她有一种尴尬的欣慰。

她立刻停止了思绪。她想起有时候她可以清楚地看见一些恐怖的事故——他走回到街上，一辆车碾压过他——她发现自己在练习她可以跟保罗陈述的内容，告诉他发生了什么事，如果她必须打电话给保罗报告的话。当初看着保罗的姐姐把他扣到车座上，开车带着他离开时，她已经跟那种近似恐惧的感觉挣扎过了，因为她可以清楚地看见他们会在州际遭遇的事故，那么如果事故一旦发生，她便会是被告知消息的那个人，她会听到她的大姑子在电话中对她呜咽。

有时候，她在午夜过去很久之后走进他的房间，好确认他依然在呼吸。

她把他留在学校，有许多天（尽管她不愿意承认），她压制住如下的想法：校园枪击，坏人冲入课堂，老师尖叫，有多少学生可能在持枪者破门而入之前就逃出窗外，他的老师是否会第一个选择他，带着他逃跑。这可不理性，她一直都告诉自己；而坏人此刻就在这里，如此明显，她的想象不是精神错乱。

当林肯长大一些，她病态的奇想真的减少了。当他还是个婴儿时，她历经了一个几乎不能看窗户的阶段。任何窗户。她总是在想象他从窗户那里掉出去。

眼下，坐在泥土里，整个世界都被什么东西笼罩着，填充着她内心无法平息的喧哗，她不能想象他被枪击。那幅场景还没有来，她不会允许。

“你想躺下吗？”她问，“你可以把我的腿当作枕头。或许我也可以抱着你，像你还是个小宝宝时那样。”

当他还是个小婴儿时，有时候，他会着迷于她所做的。着迷于他想不起来的他人生的一部分。他会因为奶水居然来自她的胸脯这种想法而激动不已。

“不，”他说，“我想要吃晚餐。”

“如果休息一小会儿，你会感觉好些的。”她说，虽然她知道试图引导他无助于她的理由。但她依然不想放走他也许会睡着这样一种渺茫的希望。也许她可以抱着他，抚摩着他的脸庞，直到他进入恍惚，那么他们就可以在这里无止境地待下去，曾经一度，她希望他依然带着安抚奶嘴，因为一旦他开始吮吸，他的眼睛会像巴甫洛夫般开始对上——奶嘴是你留在嘴里的朋友，他有一次这么告诉她——可是在他满四岁的那个晚上，他自愿放弃了那个奶嘴，奶嘴就放在他房间的架子上，用冰棒棍做成的奶嘴屋里，那个小屋里还有娃娃床和毯子。

“我饿了，”他再次说，“我饿得不得了。”

他发音的方式变成了“物得不得了”。

“躺下试试看？就一分钟？”她说。

“我不想躺下。我想要吃晚餐。”

“稍后我们就吃。”

“可是我饿得不得了。”

“躺下，五分钟。”她说，“就五分钟，我们等着瞧。”

“好吧。”他说，可是他的脸已经揉成了一团，他的嘴撅起，眉毛垂下，呼吸已经开始急促，“好——吧，好——吧。”

“林肯——”

他已经开始边哭边说着什么了。他试图说清楚，话语被哭号吞没，接着话语止住了，眼泪涌出，当泪水顺着他的脸庞划下，他开始进入了某种有节奏的、粗声粗气的独白状态。

“嘘——”她说，“你必须保持安静。”

“好——好的，的。”他说，用了若干音节，这更像是呻吟。

她扫视了一遍黑暗。他太大声太大声太大声了。她把手绕过他的头，把他拉得离自己更近些，一边嘘他，一边抚摩着他，但两个动作全都不奏效。

她不知道如何购买更多的时间。他不能制造吵闹。这可是拼图的关键。很快眼泪就会变成跺脚和警报一般的尖叫，他可以让你盖住自己的耳朵，好别去听那种与其说是人声，更像机器一般的声音。仿佛他身体里的齿轮被夺去了，或是消声器在某处脱落了。

“行啊，”她说，“你想得到晚餐吗？”

呜咽几乎是立刻停止了。他的呼吸跳跃了一阵，又稳住了。他依然抽着鼻子，可是不再呜咽了。

他用袖口擦了擦鼻子。“有餐厅吗？”

“我们来犒劳自己一下如何？”她说，“晚餐吃奶酪或是饼干什么的怎么样？或是花生？把糖棒当作甜点？”

“那不是实实在在的吃的东西。”他说。

“对，不是。”她同意，“我们可以从售货机里买点什么。你喜欢什么我们就买什么。”

“把售货机里的吃的当晚餐？”

现在，他的声音听起来充满希望。

“对啊。”她说。

如果她是独自一个人，情况会完全不同。如果枪声响起的时候她是独自一个人在动物园里散步，毫无疑问她会开跑。她会躲藏起来。那么接下来呢？她合情合理地强壮，合情合理地快速，她很机敏，如果她是一个人，到现在为止她就已经决定了不要等着谁来救自己。绕动物园的一圈中，总有一个点能让她爬出去，即使那样意味着要在有倒刺的铁丝网上流一点血。她可以想象自己爬出这排围栏，东张西望，然后开逃，逃到敞亮的户外和广阔的树丛，逃到老是在刮风的人行道。她将沉默且迅速，他们不会看到她。

她不认为这些人精神完全正常，如果她足够小心，她可以避开他们，她可以找到出去的路。她将会寻找其他人——如果她是独自一个人，她会比现在无私，她将不只是自救，会找到那个女人和她的孩子，她会给任何她找到的在躲藏的人伸出援手，她会一路引领他们到达安全之地。她会坚持走在阴影中，她会来带路。她会利用好时间，不发任何声音，而且——在肯定有数千英尺长的篱笆上——她会最终找到一处可以攻破的地方，或是找到一名正在守望的警察。

她看到了她自己，一个影子。

如果那些男人找到她，她会跑。她会冲到一个角落附近，她能够坚持奔跑的时间可以比他们长得多——她每周会有四天，每次跑上六英里——有一件事是她如此热爱奔跑的重要原因，当湿气如此之低，你的肌肉松弛，跑动一阵之后，你会感到甩掉了重力，身轻如燕，你腿上和肺中的疼痛让位给了新鲜的氦气，你什么都感觉不到。

有时候，当她在跑动时，再也感觉不到自己的腿。有时候她的整个身体变成了空气。

“妈咪？”他问。

“你准备好了吗？”她悄声问，“你不得不十分小心，完全按照我叮嘱你的去做。不要弄出任何声音。”

“否则他们会杀了我们。”他帮她完成。

她考虑了一下。

“否则他们也许会杀了我们。”她同意。

她觉得她能看到他点头。

她站起身，抓住他的手，把他抬起，他的腿紧紧绕住他的腰，她汲取了他的重量，更加稳健地踩到地上。他们周围的一切都漆黑一片，因此她看不见自己迈出的第一步。她把一只胳膊垫在他的屁股下，用另一只手撑住石墙，只是以防万一，稳住自己。

他的头一直抵住她的下颚，她感觉到他的手在她头发里挪动。她的第一步迈得如此缓慢，以至于她能感觉到脚在移动过程中每一块肌肉的微小震动。脚跟沉着地踩下去，脚踝上的肌腱在拉伸，足弓弯得像个球面，接下来脚尖碰到了地面，碰到了零星的干草。

她打算每分钟踏踏实实地走上两步，她的手在岩石周围轻蹭，在她沿着从岩石背面到其凸起的末端做小步移动时，手也在丈量她的前进幅度——她踩上了一根树枝，在她凉鞋底下，这东西感觉像是一块骨头，而它折断了，太大声了，可是也许并不比一根树枝从树上掉落的声音更大？接着她就在岩石的前边了，面对着露天平台的木板，直看向聚光灯照亮的两条门道：一条会把她带回到主路，一条会把她带入猩猩展区的隐蔽处。

两扇门都被点亮了，仿佛游戏秀中的选择。她对着一片明亮眨了眨眼。

聚光灯一路延伸到栏杆的边缘还过去一点——她可以看到蜘蛛网从木板上直垂到地上，它们让她想起消防员的网络：如果你坠落，它们会接住你。

飞蛾在绕着聚光灯狂舞。落叶从树上打着旋儿飘下，那些树她现在是看不到了，只能瞧见月光照亮的最高的树枝。还有长着小翅膀的生灵朝玻璃门冲去，形成微小的撞击——不是蛾子，她认不出是什么。她周围的一切，都是黑暗，只不过在这方被点亮的小小的球形空间里，什么东西都是狂乱的。

她继续停留在黑暗中，过了好一阵儿后，她跑向栏杆，把林肯举到了岩脊的外侧。

“坚持住。”她说，一只手依然放在他的背上。

她不得不彻底松开他，好让自己翻过栏杆，可是他的手指紧紧夹住木头，而且他很安静。然后她的两只脚都越过去了，落在了露天平台上，小飞虫依然在盘桓。它们全然未察，兴奋不已，她已经来到了栏杆之外，尖锐的边缘擦痛了她的椎骨，她把林肯举起来，他的网球鞋砰砰地碰到了栏杆，但好歹是过来了。接下来，他紧紧地靠着她，她走在屋檐下，在远离门的一个角落，走回到阴影里。她终于稳住了呼吸。

下午6点58分

站起来的感觉真好。她的脊柱挺得直直的，靠着墙上的砖。她好奇于她刚刚坐了多久——她把手伸入手袋，拍了拍侧袋，她的身心是分离的，身体还惦记着手机。

她的手机。

当她感觉到它已经不在身边了，心中只剩下宽慰。她还没有回过神来，没有意识到她自己扔掉的那个东西，那个把持枪者引向他们的东西，正是她用来和丈夫通话，以及与外部世界相连的东西。

如今，无论墙外正在发生什么，她都不再参与其中了。

这不像她以为的那么困扰她。外边的世界与他们毫无干系。从某种程度上来说，感觉到衬衫在身后的砖块上磨蹭，感觉到左肩上因为林肯的体重压着而造成的疼痛，知道这里从一开始就只有他们两个，更加清晰地提醒了她刚才的认识。手机不过是让她产生了他们并不孤单的幻觉而已。

这肯定跟德克萨斯州的那些可怜人没有任何不同，那些面朝下漂浮着的死去之人，也许就在她倾听持枪者把篱笆弄得嘎嘎响的片刻间，他们正在水中挣扎，不得呼吸。

没有人来。没有警察。

一切都是如此清晰而尖锐，她知道这一点。

还有保罗，当然了。他肯定吓坏了。可是她对此无能为力。保罗远在她的掌控范围之外。她几乎什么都无法掌控，仅仅是她可以选择打开哪一扇门、命令自己的脚踏上哪一条路、她可以走得多快或多慢。她考虑着下一步一定会来临的是什么：在她印象里，这栋建筑是他们的路线中最危险的部分——如果那些人正在躲藏或是观察，那么她和林肯将无处可去。除了通往灵长区的主门，没有其他出口。正是从这道门，她和林肯一路跑着通向他们藏身之处。那是一个完美的躲藏地，非常安全，她真是犯傻了、疏忽大意才离开那里。现在她应该转回身去，可是他正因为饥饿而近乎发抖，也有可能是因为除了饥饿之外其他的什么事，而她搞不定——她已经站在这里、浪费时间有多久了？——可是，是啊，为了到达主出口，他们不得不沿着狭窄的走廊巡进，周围是坚固的墙和玻璃内嵌的动物展区，没有门，没有岔道。他们会困在这里的。

可是没得选择，或者说，起码，没有看起来更好的选择。

“妈咪？”他问，比通常的声音更高调。

他会从现在开始只说一两个字吗？所有无止境的问题和发明的故事都永远地住口了？

“没事的。”她抱起他，走入亮光里，飞蛾在她的头上闪着银光。她快速地迈了四大步，然后推开了玻璃门，迅速滑了进去，不去理会他们身后滋呀作响正在关上的门，即使她的一只手还放在上面，把住了它。

最终，门是关上了。在里面，沉默如湿气一般席卷而来。空气因为安静而凝重黏滞。从这个角度，抵着崎岖的墙壁——她发现她喜欢让自己的背抵住什么——她只看见人造石的墙壁和点亮踢脚线的荧光灯以及地板光滑的、闪亮的表面。展品开始延伸过步道的第一个弯曲，眼下，他们仿佛是站在某种未来主义的岩洞或是地下掩体中央。既彻底自然，又全然人造。她因为这温暖而叹息。建筑物内部通常来说是凉爽的——她走过的时候总是要摩挲着胳膊，可是现在，这里却比外边高上好几度。

她倾听着，什么都没有听到。没有暖气系统的声音，没有动物在咕哝。风没有在摇动天窗。她可以列出一长串她可能会听见却最终没有听到的声音。

她的小男孩太安静了。

她考虑了让他自己走——他有可能想要伸伸腿脚。她不介意让自己的胳膊休息一会儿。可是似乎有什么是比抱着他更安全的。尽管他的体重可能会把她弄得很累，他却扒着她不放，他不能和她分开。

她倾听着，什么都没有听到。

“我们走吧。”她悄声说。

他没有回答，她缓慢地往前迈步，一边估量她的脚踩在红棕色的地面砖上的几乎难以觉察的声音。在二——三——步之后，她已经离墙有足够远，她再也碰不到它了，而她感觉到了失衡，似乎自己正走在一艘船的甲板上。她周围有太多的空间。可是又走了几步后，当她来到走廊的第一道弯时，她的手碰到了另一面墙多孔的表面——墙上有已经灭绝的动物的图画，渡渡鸟、候鸽和比利牛斯山羊，以及大海雀，没有一样是灵长类，这个地方的逻辑性她搞不懂。她的肩膀抵着墙，双手紧扣在林肯的屁股下，她在弯道附近侧了侧脑袋。在她即将行进到马上要看见的那个东西时，她适时地避让开了。

有一只猴子坐在地板上。

她从石板后方迈步，一边转弯，她的每一侧都有玻璃；迷你的松鼠猴在她右边，她左边应该是髯猴展区。可是现在展区仅仅是墙上的一个方形的洞，暴露着绳子和混凝土。几乎没留任何玻璃，除了碎在地上的那些。围栏里没有亮灯，只有走廊里的荧光在岩石的地面和人造溪投射出些许光亮。她只是稍稍瞄了一眼那幅景观，因为她的注意焦点是在眼前的这种猴子上。

当然了，这是一只髯猴，黑白相间，头往前垂，手——爪子——在玻璃覆盖的地面砖上拖着，因为角度的问题，她花了片刻才意识到还有一只髯猴一动不动地躺在地上。她只能看见它黑色的脚和尾部。它的其余部分隐藏起来了。

她仔细地注视着它的脚，她看不到哪怕最微小的抽动或是颤抖——她父亲杀死的鸽子可是会在即使脑袋都没有了之后还能抽拉好长一阵呢——她非常肯定它死了。另一只髯猴，活着的那一只，站得离死掉的那只如此之近，以至于它白色的皮毛和死掉的那一只的混在了一块儿，琼分辨不出这一团皮毛哪些是谁的了。

她抱紧了林肯，希望自己能够知道灵长类多一些。

活着的那只髯猴没有看向她的方向。它驼着背，皮毛光滑，像丝一般，柔顺可及，她想知道人们是否会用它们来做外套。

只有它的手指在移动，在离从地板好几毫米的高度蜷起又伸直。看起来没有大拇指。

她想起了在密西西比的一段时期，负鼠在她面前悠然踏上人行道，她便决定走到街对面去，因为她不喜欢负鼠牙齿的样子。在洪都拉斯，在和咖啡合作社的雇佣合同期内，当她醒来，发现一头母牛在她的卧室，宽大的牛头探入她的床垫，粗胖的牛舌伸出来，晃动。她小的时候，舅舅给她捉来松鼠宝宝——这发生在她父亲离开之后，当然了，如果是她父亲，就很有可能射死松鼠——可是它们其实是舅舅的宠物，不是她的。他不会让她抱着它们，因为它们会咬人，而即使它们喜欢他，蹲在他肩膀上，用它们小小的爪子玩弄他的耳垂，他的大拇指却是血迹斑斑，伤痕累累。

髯猴轻轻地左右摆头，转着脖子，她想起了史蒂夫·旺达[①]，几乎被自己的笑声吓了一跳。她忍不住笑，而她不得不强制自己的嘴部肌肉停止做出笑的表情。

她好奇于是不是活着的那只髯猴把死的那只拖来这儿。它会安排一个埋葬仪式吗？它会哀悼吗？死的那只髯猴在被枪打中后还活了一阵，试图逃出这里，另一只没受伤的在它后面跟随它？真的，为什么所有猴子在第一阵枪击在周围扩散开时，不发疯一般四散逃窜呢？为什么这里还有一只留下？它被关上

① Stevie Wonder，1950 年 5 月 13 日出生于美国密歇根州，美国黑人歌手、作曲家、音乐制作人、社会活动家。

的门困住了，所以最终回来了？还是说它一直都在这里，怔怔地注视着同类的尸体？

她和猴子都僵住了，拒绝承认对方的在场。猴子用一根手指摩挲着它的白髯须，若有所思，可是它没有抬起头。

玻璃制造了所有的不同。狗或是猫——一只家养的动物——是完全不同的。你前面的一只野生动物，不是宠物，是真正的动物，随时都有可能冲动。你相信它是乖顺的，重感情的，这可以是真的，可是它也会毫无悔意地让你流血。让你的大拇指伤痕累累，耳垂晃来晃去。作为普通人，你不可能了解野生的活物。

她不能无限地僵在这里。她可以转身，走向另一条路，可是那样会花上更长的时间，因为要通过苏门答腊猩猩区和大水獭们，以及其他几种她想不起来的动物。她将不得不回去，穿过亮着灯的露天平台，而她更愿意往前进。

“妈咪？”林肯说。他的头依然埋在她肩膀上。

“嗯？”

“那只猴子在做什么？”

“只不过是在思考吧，我猜。”

“猴子会思考？”他问，她想了想，对的，继续保持移动对他们来说有好处，因为起码现场的变化——野生动物们在走廊里潜行——让他不再那么紧张了。

“是的。”她说。

“它们会咬人吗？”

她承认，这个问题的确更切题一些。

“我不这么认为。”哦，这可不对，“除非你去吓唬它们。”

“就像大黄蜂？”

“差不离儿。”

正当她在说话的时候，那只髯猴把胳膊举过头顶，这突然的举动让她朝后碎步疾走。它张开嘴，打着哈欠，犬齿长而尖利。但它只不过是理了理毛发。

她决定慢而稳步地移动，不带威胁。首先，她往下看了一眼地板上自己脚旁的玻璃碎片，蹲下来用手指仔细地摸到了最大的那一块周围，这几乎是一个完美的三角形。她的手掌有一道刺痛，她知道她割伤了自己，可是她退后一步站起，大腿锐痛，她握住了那块玻璃。她喜欢那东西如此尖锐。

她盯住那只猴子，盯着它满是牙齿的阖上的嘴。有一次，当他们看到某则令人恐惧的新闻报道，她舅舅说如果他突然遇上一个夜贼正举枪对着他心爱的某人，并且如果他自己手中有枪，却不能保证他可以让自己拉动扳机，那么这种情形会让他担忧。他好奇于他是否会让别人伤害她，因为他无法忍受杀死另一个人的想法，而这恰好让他成了一个坏人。

如果有人试图伤害林肯，她可以肝脑涂地。

如果这只猴子朝他们走过来，她会对准它的眼睛。她会劈开它的喉咙。

她往右边移动，紧贴松鼠猴展区。她自始至终都在观察着这只苒猴，有那么一度它几乎也朝她看了一眼，它的一扭头让她确信它意识到了她的移动，但它从来不曾真的把目光投射在她身上。她沿着人行道寸步挪移——她的手掌被血濡湿了——终于，两只猴子她都经过了，她回头看，活着的那只猴子依然呆坐着，把它的皮毛同死掉的那只混在一起。

路转向了。她经过了长臂猿和狷毛猴，地板上有一片湿迹，黑乎乎的，像溅上去的苏打，狐猴们就在正前方。所有其他玻璃窗都完好无损。远方的动物栖息地黑黢黢的，尽管每一个的天花板上都有一盏昏暗的小圆灯，像一轮小月亮。

她比自己期待的更快地到达了入口处的大门，她贴在门的一侧，尽可能去研究外边的视野。蜘蛛猴的户外游戏棚占据了门两侧的空间，因此她只能看见人行道的一个狭窄的通道和天空，接下来看见的是操场的边缘和两条空荡荡的椅子——它们太模糊了，很容易被忽视掉。

她弯下腰，把她那块不规整的玻璃放在地板上。她不想再像刚才那样割伤自己了，并且玻璃用来对付持枪的男人可以说无济于事。

“我们还没有到食物贩卖机吗？”林肯的声音从她的肩头传来。

“快了。”她说，她推开了门。外面的空气比她在几分钟前记忆中的要冷。可是她喜欢皮肤上感受到的这种清冽。她喜欢户外，开放的空间，不要有墙，即使她意识到不久之前她还惦记着正好是相反的情况。可是抬头看向天空——云彩已经卷过来了，稀薄而广阔，像是扯开的棉花——那种高远和宽广让她的胸怀放松了。

门关上了，差点夹住了她的臀部，而她移动得非常缓慢，因为当她往前迈步，他们就会置身在聚光灯下——又一盏该死的聚光灯！她把林肯抱得更高了些，然后冲刺，要逃离光线。他们经过了蜘蛛猴的笼子后，她放慢了步伐，再一次安全地躲入了阴影中。虽然还有灯柱点缀着小路，还有更多的串着灯的绳子，可眼下他们已是在操场边缘一小片的黑暗里了。

月亮在云彩之后朦胧不明。月亮是被云海抛出去的一艘船，她记起舅舅以前读给她的一首诗中的这么一句，还有晚安房间，晚安月亮，晚安所有人[1]，曾经一度，当她和保罗新婚时，他们站在门廊中，看见金黄色的月亮挂得如此之低，如此之大，看上去就像某种核物质，某种达利的画，他们走了出去，甚至都没有锁上背后的门。他们跟随着月亮走了好几个街区，好几里路，离它越来越近；他们手牵手，有时跑动；他们到达街道的转角，月亮也变得似乎触手可及，接着突然之间，它又回到了天上，回到了它的正常尺寸和颜色。他们散步走回了家，像是刚刚分享了一个梦境。

不远处，灯柱上的光倾斜而下，明亮的圆锥形铺满了水泥路。这是一块亮与暗形成的补丁拼图。在操场的边缘，她周围的阴影区域仿如热带：丛生的蒲苇草。用木头柱子和绳子做成的篱笆。香蕉叶在摇动。

她对这里的游戏设施里所有的玻璃纤维和金属结构进行了评估。有一座林肯会喜欢爬的假山，它的轮廓像一棵巨大的仙人掌。非洲鼓排成一列，空寂而沉默。木质的面具放在柱子上，黑金相间，嘴部留有空洞，有一点邪恶，其中有一个面具还带着一根像是阳具的舌头，虽然她从这个距离看不到它。这里的东西她以前看过无数次，但很少在晚上看到，很少在没有人群

① 著名绘本作家玛丽·怀兹·布朗《晚安，月亮》中的文字。

的地方。平时她身处这里的时候，这里没有破碎的尸体，没有血泊。如果不是因为忧伤的猴子和她依然能在凉鞋底部感觉到嵌入鞋底、造成些许硌脚的击碎的玻璃，她都可以跟自己说过去的几个小时是她想象出来的了。

她保持不动，倾听，总是在倾听，等待着任何阴影变成那两个男人，分开他们。附近有风铃，吹奏着一种仿佛仙女会随时出现的音调。风拾起并扭转了回声，甜蜜的歌从四面八方向她涌来。

她发现自己几乎在随着风铃摆动，她猛地想起她依然紧张，可是自从她听见那两个男人对着她唱之后，恐惧却被推了回去。她好奇于自己的冷静——不，这可不太对，她不是冷静，但她是在关注着什么，她的呼吸也不像早些时候那么急促了，彼时她以为自己要碎成千片万片呢。她觉得要无限保持那种水平的恐惧也不太可能。

她的脚下不远处有一块覆满青苔的岩石，格外明亮。她的手几乎不再流血了。

她因左侧的一阵动静而怔住了，有个东西比摇摆的树枝或是拍打的塑料袋还要大。可是当她转身，那只不过是一只身子很长的非洲野犬走过其惨兮兮的展区的阴影。这只狗的四肢以及肋骨太嶙峋了。它在潜行，跨步，沿着自己笼子的围篱来来回回。通常这里会有两只非洲野犬，可她只看见这一只。它看起来又饿又绝望，仿佛它正在筹划一场出逃。

她想象着在它的围篱上找到了门闩。月亮已经从云层背后出现了，她周围的景致仿佛被白水冲刷。带着狰狞，她经过了操场，继续保持贴着道路的边缘走，贴着任何有阴影的地方。树木很多，她可以栖息于其枝条下，接近树干时，她常常停驻，仿佛在思考到底该怎样利用它们。他们经过了掩藏住犀牛的高篱笆，潜行的狗也出了他们的视野。前方就是大象展区；热带草原小吃吧茅草的屋顶进入了视线，零食机需要经过这座建筑另一头的那堵墙。他们接近了。

她扫视了一眼前方的小路。一只鸭嘴杯。它就在水泥路面上，杯口有一摊液体。她绕着它大步走，加速，穿过了一小片亮光的地面，安全地到达了大象栖息地的竹篱笆，回到了黑暗中。

她没有让自己回头看那个被丢弃的杯子。

她的确没有让自己再次想起那个女人或婴儿，她的确没有让自己考虑今天那个扫描他们的会员证，告诉林肯她喜欢他的发卷的女人。她的确没有让自己想起那个比他们早一分钟左右开始准备出去的祖母和她的小孙女——她是不是看到过一个穿着女人海军蓝裙子的身形？她看见的那双小腿是穿着粉色的紧身裤吗？——她的确也没有让自己想起捡起林肯丢在人行道上的托尔的戴眼镜的男孩。

她的确没有让自己想东想西。

她感到了身后的小小杯子，滴着水。

下午7点06分

往大象的领地看过去，琼什么动物也看不见。她只看见被月光漂白过的草与尘土。她的目光被更远的东西吸引着——远到也许穿过了整个展区的五分之一英里？以前她曾注视象群隆隆行进过，它们的休息区看起来无边无际，可是现在，她扫视着休息区的形状，整个地方看起来似乎没有那么大。非洲的幻象只不过是由一片厚厚的松树带围成，经过它们的圣诞树边缘，她看见了月光下动物园铁轨的钢线。在铁轨的那一边，在透过树丛的简单闪光中，她可以看见街灯，看到沃尔格林商场闪耀的招牌，一道车流绕着一个环岛东向而去。

它们吓住了她，那些车。它们稳步驶过，亮着车灯，不急不忙。难道不应该有人制止人们一窝蜂出门去买卫生纸或是抢购马提尼？难道不应该只有橘色圆锥和警戒带以及警笛，以及可能的坦克和用黑色武装的卡车？

那些漠不关心驶过去的汽车，令人无法忍受。她的视线落回到铁轨的弯道。枕木泛着银色，只有这儿或那儿零星冒出的几缕光芒，是反射的月光。她关注着这光。她舅舅过去曾带她去乡下野餐和钓鱼，这是一件好事，因为如果是跟着妈妈，琼将不会去任何地方，只是家、学校，以及商场。乡下只有牛和农场，泥土点缀着云母，她可以把云母撕扯成厚厚的银片。她过去以为那东西一定值点钱，可是舅舅说不，它们只是会闪而已，她就假装云母片是陨石碎块。那云母如此美丽，简直是一种奇迹。有一次她给一个 Ziploc 包里放了块云母，像是科学家带着有价值的标本，她把它带回家给母亲看。母亲从不去乡下，母亲和舅舅颠覆了任何对于基因和遗传的论辩，他们完全是不同的生物。可是在那天，母亲扯着她的眉毛，黑色的小撇号弄得卫生间台子上到处都是，当琼掏出云母时，她母亲说，别把石头带到家里。琼还足够年幼，她不放弃。她试图解释，你必须削掉最上面那一层，它就会越来越闪，像珍宝一样，你看灰扑扑的那部分下面，她母亲说了些像是它实际上不值任何钱之类的话，琼当然知道。可是她说不出什么话来让母亲理解云母的奇迹，它的可爱，她母亲压根就没有真的在听，她甚至都没有往袋子里看。一眼都没看。她母亲就站在那里，一只手拽着她的前额，看着镜子里，而镜面上，她的眉毛碎屑漂浮其上。

琼从铁轨上移开视线，脸颊摩了摩林肯的头。他从没有见过云母。她乐意给他展示如何用指甲去削剥它。

接着她听到了一声折断，一种脆裂的撞击。她冲地面俯下身去，一只膝盖着地，弯着背罩住了林肯，随后才意识到发出响动的可能是一根树枝或是一颗坚果。她东张四顾，除了明暗交错的斑块和阴影与植物外，什么也看不见。

她低着身子，不发一言，观察着。

最终，她站起身。她受不了再在水泥地的这片区域寻思一切可能发生的情形了。前方十英尺处的水泥地，或再往前二十英尺，在巨型茅草屋顶的阴影下，她受不了再去想象这些地方遭遇过什么。

她把一只脚迈在另一只脚的前方。

她再一次看着铁轨，那是一个光滑的圆。有无数次，火车带着她和林肯到离外篱如此之近的地方，因为火车开得非常慢，他们甚至都可以跳下去——他们可以把手推挤在墙上的钢铁或砖块上，他们本来可以离外界如此之近。

即使她在仔细琢磨着铁轨，她也依然在移动。她和林肯依然在和大象展区平行的路上走，离小吃吧的茅草亭越来越近了。扬声器在播放着“我对你下了一个咒”，歌手的声音令人吓一跳。她往前看，试图发现扬声器，可是她还没近到能看到它们。

“我可以走路吗？”林肯悄声说，他的声音从某种程度上来说，和刚才的音乐一样令她惊奇。

“你想要下来？”

当她抱着林肯时，能用一只手的手指数过来他主动要求走路的次数。

“对。”他说。

于是她把他放到地上，但那只没受伤的手依然抓住他的一只手。那种她觉得放下他的重量带来的欣慰——这突然的轻盈——被一种空落落所替代。她的手指扣紧了他的。他正在迈近竹篱笆，一边拉着她。

“那是什么？”他问。

她试着看向他手指过去的方向。无可否认，大象展区在夜间看起来神奇极了。低生的树木和灌丛草地似乎在一座座小丘的凸起之上轻轻浮起，沙地上有一道金光，她突然觉得这像一道外星景致，像是在月球上或火星上。

“那棵植物？”她问道，注意到了一株仿佛有触须的灌木。

“不是，”他说，“地面上的那个东西。”

她再次看了看，花了好几秒钟才辨认出地面上那个墨染的身形，她甚至用了更长时间才认出那应该是什么。

那两个男人杀死了一头大象。

它的躯体宽广、黑暗、沉实，可是象鼻却在地上弯曲着，像蛇一般，她有些觉得它是从躯体的其他部分给分离了，依然活着，挣扎着要得到自由，在沙土中寸步前行。可事实上，它并没有在移动。

“那是什么，妈咪？”林肯戳着它。

“大象。”她低语道。当云层飘移到他们的头顶，她觉得可以看到粗糙的兽皮之上的绒毛在风中飘动。

“躺着？”

“对。”

“它为什么要躺着？”

她可以跟他说大象是在睡觉。这可能是一个比较友好的答案，可是她真的不想这么说。当他的面撒谎从某种程度上来说是对他的侮辱，尤其是这几个小时以来，他一直跟着她，他们脸贴脸，手牵手，而且她也想对别人说说话，而他就是在场的唯一的“别人”。

“它死了。”她说。

“哦。那两个人杀了它？”

“是的。”

她忍不住看着它。象尾看上去像是蠕虫，可怜兮兮的。

“它叫什么名字？”

“我不知道。”她回答，“你觉得它以前叫什么名字？”

他哼了一下，若有所思。

她突然离开，拉着他，加快脚步，懊恼于自己居然浪费精力和时间在一头大象上，而不是注意周围所有的角度和墙壁以及藏身之地。他跟上了她，却依然盯着那头象看。他喜欢给事物起名字：他有一个穿衣服的玩具兔子家族。一只叫作垒球，另一只叫棒球，有个哥哥叫无耳小兔——Muddles 咬掉了他的耳朵，有个妹妹叫苏西猫。曾经还有一个小宝宝叫女巫苏西，可是 Muddles 把他整个吃掉了。他有不计其数的橄榄球运动员小人和一张可折叠的布球场，他给运动员们起名字，换名字。一个前锋叫作“被咬掉的小圆圆”，还有一个接球手叫作苏珊。

“以前？”

她失神了。“什么？”

“他难道不是还有一个名字吗？难道你死了之后就没有名字了？”

“我的意思是，现在叫。”她确认道，“你觉得他现在叫什么名字？”

“棉花糖。”他说。

她握紧了他的手。

当他跟他的橄榄球小人玩的时候，他让他的四分卫喊出鼓舞士气的话语：每个人保持大力踢！快点儿！我们的技巧很差吗？不！我们的技巧很棒吗？对！

他是一个格外乖巧的孩子。伤害他轻而易举。

他再次停止。他绕着大象转来转去。又或许有蛾子或是一片散落的叶子引起了他的兴趣。

“林肯。”她悄声说，一边朝他的耳朵侧过身去。“我们不得不往下走了。我们不能一直盯着不重要的东西看。”

这儿之外，有那么多的空间。有那么多她从没有留意到的可能的藏身地，直到有人跳出来端起一支枪。她到处张望，看了又看，可是她知道她不可能看到所有角落。

如果她想一想——想一想她有多少是看不到的——她就会难以呼吸。

走快一点。当心，可是走快一点。

大象就在他们身后几码远的地方。他们离餐厅很近了，正在接近餐厅的亭子和扬声器，还有一台扬声器设在篱笆中——当音乐声渐渐弥漫，吞没了其他，她才意识到另一台扬声器的存在。她依然紧贴着灯光不可及的竹篱笆和一丛丛暗色的草。她拽了一下林肯的手。她已经忍受不了在这里太长时间了。不仅是她看不到一切，而且是因为吵闹的音乐——“伦敦的狼人”——吵得她听不到其他声音。

餐厅很快就在她右边了，亭子的茅草屋顶朝她伸过来。可是在她和建筑物之间还有好大一片明晃晃的水泥地，通常情况下，孩子们在都在这里跑动、摔倒，喝饮料。通往各个动物展区的小路都在这里交汇，这可是个可怕的广袤的空间。如果她踏上那片空荡荡的水泥地，他们就会暴露，她会听不见任何东西，只有狼嚎和对键盘的狠重敲击。

那音乐让她头疼。

她决定他们要走得稍远一些，到乌龟展区，那里有一棵巨大的树，树冠的影子覆满了整个水泥步道，他们可以在树影下穿行过水泥地。她一旦下定决心，就开始行动，并且专心于此。他们依然蹲伏着，紧挨篱笆，寸步潜行，她不会再分心了，除了音乐在狼嚎声弱下去之后停顿了几秒，继之以另一首歌。

在那样安静的时刻，她听到了婴儿的尖叫。起初她以为声音来自一只猴子，可是接着那尖叫声打了一个磕巴，一声哽咽，她便知道了那不是动物。那是一阵清脆而愤怒的啼哭，而它已经近了，近到足够让她想起她自己躺在床上，早晨四五点钟的房间沉默而安静，林肯的婴儿床就在隔壁，十英尺远，那时候，他发出哪怕一丁点不满意的声音，她就会醒来，在眼睛还没有睁开之前，双脚已踏到了地板上。

她朝他们前方几英尺远处的一张椅子猛地抽动了一下头——那里是对象群的一小片观察区——她期待能看到那个长发的母亲依然蜷缩着坐在那儿，哄着婴儿，可是那张椅子空荡荡的。

接下来音乐声又突然大起来了，一阵迪斯科的节奏盖过了一切，她几乎可以告诉自己她想象过这种情形，她的头脑在对自己开玩笑。可是她知道。她无须得出任何结论：当她接近那张椅子，她只是在遵循她的计划路线。那椅子设在篱笆的一个“之”字形角落，没什么装饰，不过是铁架子和固定的板子，旁边有一个金属的垃圾桶。

她停顿了一下，弓着背，依然待在阴影处。这里没有人。显然这里没有人，没有婴儿，没有母亲。林肯在她的手里扭着自己的手指，不是因为他想要挣脱她，而是因为不耐烦。她感觉到他往前拽她，在测试他能否催促她。

显然，这里并没有其他人。

可是她把林肯拉近，让他的背贴着自己的腿，他们往前移动，直到她可以用手触到垃圾桶冷冰冰的壁沿，那儿有些黏糊糊的，她放平手掌，抬起其中一格的盖子。她知道她会发现什么——对的，当盖子被掀掉，她看见一个婴儿在对着她尖叫。

在音乐声中，她几乎听不见婴儿的号哭，即使她看见他的嘴在动。月光朦胧，但足够照明。婴儿被安置在离垃圾桶边缘一英尺深的地方，身下是一张毯子，毯子盖住了绝大多数垃圾。婴儿小而柔软，蠕动着。他简直就是篮子里的摩西。

她把垃圾桶盖放到地上，然后倾身向前，哄着婴儿，用她自己都听不到的声音。她看着那小小的手指，伸出手去碰它们。她拍了拍掌。这孩子生着黑发的毛茸茸的小脑袋，不是新生儿，几个月大了，被另一张毯子松散地包裹着，毯子的颜色非常清淡柔和——绿色的或是黄色的或是白色的？可是他踢开了，她可以看见婴儿的连体衣，也是清淡柔和的颜色，以及他胖胖的腿，可是她主要是被他的愤怒迷住了，他眯紧了的眼睛和皱起来的前额，以及大张着的嘴。他所有的努力都无法与扬声器系统竞争。

那个女人——或是某个女人——已经把自己的孩子留在了垃圾堆里。在垃圾堆里。

不可思议。

林肯拉着她的手，说了些什么。她不知道是什么。她弯下腰去离他近了些。

“对着我的耳朵说。”她告诉他。

“那是什么，妈咪？”他大声喊道，可是她依然几乎听不到他。

她意识到了，他看不到。他太矮了，没法透过垃圾桶的边缘往里看，而且除了音乐，他什么也听不到。她却站在这里，一动不动。

“没什么。”她说，她不知道为什么她对他撒了谎。

“那么你在看什么呢？”

她再度直起身来，看着那个婴儿。接着她注意到她的手还放在垃圾桶里，去够那个婴儿。她退了回来。

“我好像听见了什么。”她说。

那孩子的母亲一定是非常恐慌。也许她可以看到持枪者正过来，或许她只是因为脆弱或是自私，可是她无法让孩子安静，于是她放弃了。她救了自己。她可能已经安全地藏好，留下自己的孩子跟空的可乐罐和汉堡包装纸一起打滚，琼非常恨她。她的手再一次悬在了垃圾桶上方，而她为什么不去触碰那个婴儿呢？

林肯又拉了拉她的裙子。

她不能把视线从婴儿身上移开。这不算是一个糟糕的藏身地，只要撇开这是一个脏兮兮的垃圾桶的直观想法。只要你可以克服掉那女人丢弃了她的孩子这样一个事实，这里可以说是一个极好的地点。就在扬声器旁，这孩子可以尽情地哭喊——是个男孩还是女孩？无论如何，她都不认为这是一个无足轻重的小生命。这孩子可以肆意地喊叫，没人会听见。而这孩子当然会喊叫，因为孤独害怕，很可能还有饥饿，母亲的温暖气息也不在身旁。并且婴儿的判断力很大程度上是靠嗅觉，他会闻到陌生，秽臭，以及垃圾桶里的腐败气息。可是哭喊的声音却被盖住了，并且垃圾桶作为摇篮也是粗陋的，像用来围困住物体的牢笼，一个婴儿在这里，连爬动的自由都没有。

这儿可能会有老鼠或蟑螂，爬进你的眼睛或嘴。蟑螂。这里并不安全。这是一个垃圾桶。林肯还可以自己走，而这个婴儿又那么轻。她可以带着他们两个。

迪斯科音乐还在她的脑中嗡嗡响。

她把手伸进去，用一只手盖住婴儿的脸。那张小脸即使在月光中也能看出红得发紫。婴儿的皮肤像她想象的那般柔软。哭声并没有减轻。他把嘴对着她，吸住了她的大拇指，她任由这孩子吮吸了片刻。他的脸旁有一张糖果包装纸，她把它弹到一边。婴儿踢了一下腿，她看见了在那苍白而柔软的大腿下，什么东西一闪而过。她把一只手滑过去，找到了一个安抚奶嘴。

她用胳膊的内侧擦了擦安抚奶嘴，然后把它给了那孩子。她又记起了另一件事——一张小嘴张开时候完美的 O 形，以及当奶嘴被接受时那种满意的吮吸和吧唧嘴。

婴儿吸了两口，然后把奶嘴吐了出来。他尖号着。她已经能够感受到他在自己臂弯里的实实在在的重量了。

林肯依然在拉着她。她往下看，他把她拉近了些。

“我觉得你说过，”他对她的耳朵吼，“我们不能老看着不重要的东西。”

她迅速直起身，重新调整了一下身姿。她意识到自己被照亮了——同一块光也照在她怀中的婴儿身上。她已经放开了林肯的手。这是自从他们从豪猪围栏里爬出来之后她第一次完全放开林肯。她刚才也没有看着他。如果他刚才随意走掉了，她不会看见。如果那两个男人刚才就在这里，枪对准他们，她不会看见。

她刚才没有在看。

婴儿还在尖啸。

她蹲下，退回到阴影里，她的胳膊松散地环绕着儿子。

“是的，”她对他说，“你是对的。”

她必须快起来，然而她做不到。她半蹲半站，尽可能地压低身体，她又一次把手在婴儿的头部抚摩。她把大拇指滑入他的小嘴，让他紧紧吮吸住——还没长牙呢——然后她把安抚奶嘴再一次放入了他的嘴里。她迅速转身，想要相信这一次婴儿是含住了奶嘴的。她在地面上摸索，拾起垃圾桶盖。

她把盖子小心而缓慢地推回去。这动作完成得不像她想要的那么快——她不得不准确地把边缘扣好——整个过程中，她都盯着黑暗中的一个点。有那么片刻，婴儿像是她下方的一团模糊的颤动，接下来，颤动不见了，只剩下垃圾桶黑黢黢的圆顶。

“来吧。”她对林肯说。

她再一次蹲下身来，往前迈了几步。音乐也已经稍微静了一点，不再在她脑袋里砰砰响了。再一步，又一步，她只需要保持往前迈步，这就够了，她无须刻意感觉什么。

她只需要保证他安全。

“那里刚才有什么？”林肯问，头埋在她的发丝里。

“没什么。”她说。

她知道他还在说话，不肯就这么算了，可是她让彼此都加速了，把垃圾桶留在身后。音乐急起来了。一阵电吉他声迅速而失控的演奏成了某种狂喜,几张叶子像疾风一样散落着飘过，落在他们前方的草坪上。即使在微明中，也能看出它们是黄色的。当他们到达乌龟展区旁的大片树林，他们跑过阴影中的水泥地面，手牵手。接下来她在一道低矮的篱笆旁跪下来。她停顿了一会，重新估量了一番情势。他们离零食售卖机只剩几步路了，那机器被一道竹子的隔墙隐藏着，可是通过竹竿，她可以看见红白相间的电光条纹在闪。

又迈了几步。她把手滑进包包里，在侧袋里摸索着。她把信用卡卷入掌心，手指紧紧扣住它。

“他们会有什么样的饼干呢？”林肯问。

“奶酪味儿的，肯定是。”她说。她没理由地为他再次提起饼干而生气。“小点声。”

“我想要奶酪味儿。”

她可以感觉到他慢下来了，他的拖拽越来越厉害，像是水面下的一根绷紧的渔线。她的臀部擦着围起零食机的竹篱笆。

继续再走十或十二步，她就可以给他吃东西了。

“我不想要花生黄油味儿的。”他说，声音提高了，“我想要奶酪味的。除非他们有爸爸喜欢的含有花生黄油的曲奇。”

“嘘——”她厉声说。在这个阶段，他是不是会带来枪火而不是花生黄油，还很难说。难道他意识不到她已经为他做了什么吗？当然了，他意识不到，谢天谢地。可是她不能跟他就饼干进行争论。

她让自己的声音平静下来。“很有可能会是奶酪味儿的。”她说。

“跟我保证。”他说。

她的眼中涌起泪水——她错了，她抑制住的压根不是愤怒。当她对他吼道离她近一些的时候，她的手紧握着他的；她不会去想垃圾桶盖上糖浆状的团块。当林肯跌跌撞撞朝她而来，他发出了一声哀鸣的、咆哮般的声音，仿佛她试图在清早喊他起床，可是现在，他们已经经过了篱笆。

她僵住了。

然后她摇摇摆摆地往回退，在篱笆后面迈步，把林肯拉到自己的大腿旁。她再次感觉到恐慌，那样很好，因为这就可以燃烧掉其他所有的情绪。她已经无法承受更多了。

在他们所站立的竹篱笆和热带草原小吃吧的砖墙一侧之间，是近乎天光一般的明亮。闪闪发光的机器挨着墙排成一排：有可口和百事和达萨尼水，以及，在远端，一个金属箱子装满了小包装食品。她从没在夜晚看见过它们。闪亮的灯感觉既呆板又咄咄逼人。这些机器完全意识不到她的苦境，她因为它们的明亮而憎恨它们。

在这排机器的左侧，竹篱笆绕城一个弧度，最终邻接了餐厅的墙。香蕉树在篱笆的弯弧处生长得茂盛又高大，如此一来，在那一边，起码存在着某种屏障。

可是从她站立的地方到贩卖机的插卡槽——求你了，上帝啊，让读卡器好好的，因为偶尔地读卡器会出故障，她可没有硬币——从这里到机器处，无可躲藏。一览无余，唯有水泥地。让他们无处可逃的不只是从内部点亮的机器本身，还有整个区域沿着屋檐排列的嵌入式照明灯。

她研究了一番经过这排机器的香蕉树能有多茂盛。它们的叶子在遮阳伞下延伸，叶子下是粗粗的树干，直插入地上的一层腐叶中。三个垃圾桶挤入篱笆的一个角落，可是邻接这栋建筑物的角落却黑黢黢，也空荡荡的。香蕉树提供了掩护，她觉得她和林肯可以沿着篱笆，走入香蕉树的深处。

无止境地站在这里没有任何好处。而且，他们在这里也不安全。

她研究了所有她能看到的和不能看到的事物。她再次抱起了林肯，直等到他也乖乖地攀住她。

“这边来。”她对他说，迅速而突然地穿过光线——水泥地上，她的影子硕大而不确定。他们经过了饮料机，经过了零食，零食机正好在香蕉树的边缘。在这样近的距离她可以看见安在泥土中的装饰石材，它们有黑白相间的方形马赛克图案。她把林肯放低了一些，掩藏在香蕉叶里，让自己紧贴着餐厅的砖墙。零食机已经近到她可以碰到了。它从某种角度为了他们形成了屏障。她轻柔地把他的手从自己手里掰开，往后推他，稳住他，摇摇晃晃的，一步步，走入腐叶中。

“站在那块石头上。”她低声说，“就站在那里，我会带吃的过来。”

她满意于他的位置。她几乎看不见他，即使和他离得这么近。

从机器的这一侧，她可以站在阴影里，当她拿着信用卡伸出手去，暴露的也唯有手臂而已。轻微地摸索了一阵——她的指尖如此干燥——她把卡插入，机器接受了，她选择了奶酪-小麦味的饼干，把手腕推入机器底部的凹槽，在饼干还没有砸到底部之前就抓住它们。她把饼干拿出来，倾听周围的动静。接着她买第二包，因为，说真的，就这多出来的五秒会有多危险呢？——只是她按下了错误的按钮，按的是 A6 而不是 B6，一包零卡糖棒掉了出来，可是她把它抓起了。

她退回到阴影中，香蕉叶擦着她的脖颈后面，湿漉漉的。

下午7点12分

他在她腿上惬意放松的时候，衬衫缩了上去，她想起了他脊背的嶙峋和他臀部的狭窄。他曾经是个巨婴——超过十磅——有好一阵，他下巴上的肉都是层层叠叠的，但这却是一种可爱的婴儿肥，老是惹得不认识的女人在街上让她停下，好去捏一捏他的胖腿。他保持圆乎乎的状态有好长一段时间，可是不知怎的，他已经变得如此瘦长了。

她剥去了饼干的包装纸，递给他一块——包装纸发出的声音比她能接受的要大，可是她把包装纸撕到一半的程度，饼干被扯松散了——她调整了一下自己，好稳稳地置身于石头上而不是腐叶中。宽广而扁平的叶子冰冰凉的，落在她的头上和肩膀上。扬声器此刻正在演奏令人眩晕的编号乐曲，这音乐总让人想起《OZ国的巫师》中的西方坏女巫。木管乐器的声音响亮、狂乱而刺耳，可是她不想让它停下。她不想听见任何其他的声音。

在她回过神来之前，林肯已经吃掉了两块饼干。她在包包里搜寻他的喝水杯，摇了摇那杯子，谢天谢地，还有半满。她拔出塞子，把瓶子放在他的膝盖之间。她用自己的膝盖护住了他的。

“谢谢。”他说。他在轻轻弹跳，他的屁股几乎就一直没挨着地面。饼干已经产生了似乎是魔力般的效果。

“你还买了一根糖棒？”他问，“什么口味的？我能吃点儿吗？”

她掰断一根，递给他。她犹豫了一会儿才说出，“这叫作零卡棒，是白巧克力和焦糖口味的。”

“你不喜欢白巧克力，它让你呕吐。”

通常来说这是对的。这是她在泰国时留下的痕迹。在去曼谷之前，她在爱尔兰是跟修女在一起工作的。那时候正过四旬斋，因此她放弃了巧克力，因为当你和修女在一起，你会产生自我否定的念头。然后便是在泰国过的复活节了，她买回来扎扎实实的一个白巧克力邦尼兔——为什么他们在泰国甚至有复活节糖果？——可是她全部都吃掉了，然后她吐掉了，这便是她和白巧克力的故事。

“我过去曾经喜欢过白巧克力，很久以前。”她说。岩石的边缘在她的大腿之下感觉起来非常锐利，当她调整自己的身体时，手擦在了石头上。她感觉到一阵刺痛，接着是液体的涌出——她把刚才手掌上的伤口又弄开了。

“在我出生之前？”林肯问。

“是的。”她说，张开手掌，又阖成拳头，感觉着血的黏稠。“在你出生很久以前。”

“在你去往不同国家的时候。”

“对，在那时候。”

他小心地舔舐着糖棒，他还一边愉快地哼着歌，整根糖棒最后消失在他嘴里。

“在我出生之前，你一直都在吃这个东西。”他说，“当你还喜欢着白巧克力的时候。可是在我出生之前是没有白巧克力这种东西的，所以那不可能是对的。”

“没有？”她问。

可乐机有点故障——有些短路。雪碧按钮在轻轻闪动，断断续续。

“在我出生之前，”他说，“压根就没有巧克力。没有房屋。只有城堡。没有家具。没有盘子，没有帽子，没有灰尘。那时有恐龙。那时没有世界。没有任何东西。可是有一家医院，我就是在那里出生的。”

她看着他。

他曾经在杂货店用盖过喇叭的声音哭泣。他认为《史酷比》里的那些怪物非常吓人。此刻，他似乎记不起来过去的几个小时。他已经弹回到了他的正常状态。

“我以前都不知道呢。”她悄声说。

“我知道你以前不知道。”

他们应该很快就离开这里。他们就在大楼旁，就在主步行道之外。她靠着砖墙缩着身子，确保他们都藏到了阴影里。感谢透过树叶的一丝灯光，她看着他吃。

“挺好啊，甜吗？”

“美味。”他说，嘴里填满了湿乎乎的饼干屑。他的注意力又回到饼干上了。“美味。太棒了，我都说了两次美味了。”

“嘘——”她说，“再小点声。记得不要一股脑儿吞上去，要享受每一口。”

这是他发明的又一个说法——“吞上去”，而不是“吞下去”。他曾经问过她，为什么你说“天啊”？难道应该是“地啊”？

“我是在享受每一口啊。”他小声说。为了证明他是在享受，他咬了非常小的一口，看起来仅仅是像是把牙齿擦过了饼干边缘。

她常常告诉他要充分感受食物的味道，可是此刻她尤其想要他吃得慢一点。她喜欢看着他沉浸在加工过的奶酪的愉悦中。

他大声地咀嚼，并没有把嘴张得很大，可是下巴和嘴唇却动得很夸张。他舔了舔手腕，她猜那上面有碎屑。

她想要让他只想到饼干。

他往她扭动着挪近了些，臀部碰到了她的，她想起了自己的舅舅躺在旧躺椅中，往一边滑，好给小小的她腾出空间，舅舅还一边说，我们中的一个必须要变得大一点。她舅舅闻上去总有一股割下的青草味和针织毛衣的味道。她把自己挤进躺椅，跟舅舅臀部碰着臀部，他会把下巴搁在她的头上，她会感觉到他的脉搏在太阳穴旁的跳动，她如此满意于感受到他在她身旁，如此实在而安全。

从电影和书以及与朋友的午餐中，她可以说，人们并不满意。他们想要不同的工作，不同的伴侣，在她的年纪，人们期待她撞见某种重大的生存危机，从中她应该开始质疑自己所有的选择，希望能重新开始。还应该更加糟糕，因为她是女人，有孩子，并且她还工作着，人们期待她想要这所有的一切，可是在每一个转弯处都受到了挫败，被她对在这个世界上给自己雕筑一个家的渴望和做母亲的向往所吸引，无法自拔。

她没有感觉到那一点。

她小的时候读过一个故事，当时她着迷于任何跟人体自燃或巫毒教有关的东西，她猜想这个故事来自她那些厚厚的鬼故事书中的一本。它讲的是一个人被魔鬼赠予了一块表，这块表可以停止时间。这个人所能做的全部就是按下表上的一个按钮，他的生命就可以永远冻住，不变。他永远不会死。他永远不会变老。他会把每一天都过得像是今天。所有他不得不做的就是选择他的时间，按下那个按钮。可是他从来没有准备好按——他永远在思索，他想要遇见对的那个女人，然后，一旦他想着他已经遇到了她，他就决定他想要成为一个父亲，接着，一旦他的孩子出世，他就不确定这个女人是不是就是对的那一个，随后他就想要挣更多的钱，而最终，他成了一个老人，而魔鬼过来要收走他的灵魂。魔鬼告诉他，他已经把这套把戏利用了太长时间，意外而重要的结局是，没有人按下过那个按钮。没有人愿意说这一刻——现在这个时刻——就是完美的一刻。

她会停止时钟。任意星期。任意时刻。

可能满足（contentment）就是她了不起的天赋。她欣赏于她所拥有的。她的儿子暖烘烘软乎乎地靠着她，这就足以抵消其他一切。

只是她的手又湿了，血从手指上滴下来。

她抬起手，准备好要按压住她被割开的手掌，可这是她胳膊的一侧在流血，痛处就在她的手腕上方。当她盯着它看，她意识到刚才身下石头的参差不齐处一直摩擦着皮肤，来来回回。

她已经受伤了，而她才想起来，但还有——一滴红色溅到了她大腿上，离林肯如此之近，她把手抽了回去——她想要继续让它在岩石上摩擦更多。

她把擦破的皮肤贴紧了裙子。

她想要停止时钟。最近她会穿着蕾丝睡袍欣赏自己在镜中的倒影，也许就是有着几乎透明的紧身上衣、臀部上方有开叉那一件，是保罗在周四下午的午餐时间后回到家让她穿上的那一件，她会想，有一天我再也不要穿这些。有一天我的皮肤将会松弛，会出现褶皱，我会成为一个不再穿着性感内衣的老太婆，有一年保罗将会死去，再没人让我以任何理由来穿它。要么就是在她为林肯做侧手翻的时候，她数着数——十八，十九，二十——一部分的她很骄傲，一部分的她在大笑，另一部分在思考，某一天，我做不成侧手翻了，我希望他起码可以记住我能做这个的时日，万一明天我被车撞死了，他会记得我曾经这么活泼敏捷过，会记得我们如何说出魔力之词，让红灯变绿，会记得我们如何把餐厅的饭桌变成堡垒吗？

她不知道何时开始想象事物的结局的。有可能满了四十岁引发了这一行为，或者林肯开始从婴儿长成小男孩的那一刻让她有所触动，而她意识到这样的他将会消失，一再消失，直到最终，他完全成年，离家，也许她有如此黑暗的想法恰好是因为她除了想要生活确切地保持原样、永不改变之外，别无所求。也许她越发喜欢当下的生活，因为她知道它不能持续。她想知道是不是所有人都有这些关于车祸和死去的丈夫的想法，而她只不过想得太深太多，发展出了病态。

“我的《特兰西瓦尼亚笑传》怎么了？”扬声器里的男低音问道。

林肯还剩了一块饼干在包装纸里。她应该起身了。他们应该去发现更远的藏身地。

不。她应该去决定下一步会面临什么。她不需要去走回到光亮中，直到她确定了他们该去哪儿。而他如此之安静，如此乖。当他这般沉默，别人就几乎看不见他们。同理，当他们移动，她就不得不选择一个方向，那包括了决定是否回去经过那个垃圾桶，还是说避开它。

她胳膊上撕开的皮肤阵阵刺痛，她觉得有可能再在石块的边缘多擦几道滴血的口子就会让疼痛消退，就像用抓挠来止痒一样。

这股冲动吓坏了她。她可不是拥有这种想法的人。

“你还想要吃巧克力棒的其余部分吗？”她问林肯。

他用一只手拽出最后一块饼干，伸出另一只手来接巧克力棒。

“要的，谢谢。”他小声说。

她把巧克力棒递给他。有东西爬过了她的脚，毛茸茸的，动作迅速，她保证不要去往下看那是什么。她在母亲家学会了这一点：如果你可以避开看它，你就可以假装它不存在。

她依然在想象。她想起了发光的黑色甲壳和扭曲的天线。

《稻草人和金先生》中有一幕场景，李和阿曼达藏在一个沼泽地里，蜷缩在植物和泥土中，正像她此刻的处境。阿曼达发着抖，李把胳膊轻轻环住她。这是琼的秘密：她已经看了比承诺给别人的集数更多的《稻草人和金先生》剧集。她觉得她对花了如此多的时间来观看的剧集的感觉就像有些人对酒精或黄片的感觉。有时她丢下了自己的家中办公室，悄悄沉浸在一部午间剧里。有时候她在半夜爬出床，亲吻保罗的肩膀，直到凌晨三点才睡，肆意观看影剧。

她不应该在此刻想着电视剧。又或许她应该。还有更糟糕的事。

她过去认为布鲁斯·鲍克斯特雷纳很帅，她依然觉得他帅——20世纪80年代版本的他——这个版本就在她跟前，任何时候她想要，就可以看见他。因为这些人——不，他们不是人，他们是角色——他们一点都没变。李和阿曼达是大人，她过去想，而她现在比他们的年纪都大。他们的年龄被光辉四射地冻住了。

当她还是个小女孩时，她会坐在自己小房间亮得晃眼的硬木地板上，比邻咖啡桌。咖啡桌滑腻腻的，因为母亲总爱给家具抹上过多的抛光剂。地板也是滑的，地板的滑溜更糟糕，因为蟑螂，它们可以悄无声息地飞掠而过，就像在冰上滑过。家里老有蟑螂。因为她母亲认为灭虫人可能错杀死狗狗，所以从来不让他们进门。琼一从学校回到家就会打开电视机——她是从来不想离开学校的唯一的人吗？是那个在最后一道铃响过后就尽可能慢地走出双开门的人？是那个看向教室去找是不是有老师乐意找她攀谈，也许可以坐在他们的办公桌上聊天，因此可以充分得到老师注意的那个人？老师们喜欢她。六年级时有五月柱之舞，老师只选了十二个女孩，她就是其中之一，那意味着放学后长时间的练习——天哪，都不让回家，直到天黑。

可是他们不会让你永远留在学校。因此她回到家后，会打开电视，直到母亲回来，然后母亲会独占电视机——她有她自己的节目要看。琼会等到深夜，在母亲上床去睡觉后。她回到电视机前，坐得很近，仰着脖子，因为她们弄丢了遥控器——不，不只如此，还因为她就喜欢离电视机足够近，这种感觉就像她是在电视机里，而不是在她的小房间里。她会很满足。可是有时候她会在天黑之后就坐在那里，叉着腿，赤着足。地板那么光滑，一只蟑螂会爬上她的脚踝或是大腿或是指尖，她会跑到沙发上，吞下尖叫，但她总是会回到电视机前，即使她不知道蟑螂去了哪个方向，而她被迫在椅子下面不停查看。最恐惧的一刻永远是她看到蟑螂的第一眼，从眼角的余光里，一个黑黑的形状在爬动。她从不曾离它们近到可以杀死它们。她可以做到的最棒的反应就是朝它们扔鞋，希望她够走运，可以砸中它们。有时候她会用摩丝喷蟑螂，直到它们被淹死。她喜欢看到它们那样死去——可就算蟑螂猖獗，她还是会回到电视机前。她无法做到远离电视。

机器上的雪碧灯就像莫尔斯电码一样跃动着。林肯依然在咀嚼。扬声器在唱着："这是一次墓地撞击。它抓住了一瞬间。"

她会看一集《侠骨柔情》，然后倒回去——她总是录下这些剧集——把好看的部分看了又看。倒带，暂停，播放，倒带，暂停，播放。她记得有一集，李和阿曼达走入一个宾馆，在他们迈入电梯时他握住了她的手，然后他放下她的手，去按电梯里的按钮，而阿曼达的手在空中探索着，想要够到他。琼把那个场景看了有一百遍。这是李和阿曼达正互相爱慕却不肯承认的时候，因此每一眼都是非常重要的，琼好奇于是否有人会像李看阿曼达那样看着她。

电视架前的那一小块地板是她遥望童年的家时，唯一可以看清楚的地方。书架的壁缘被漆成了米黄色，每个架子上方都挂着蕾丝，她右边的咖啡桌在闪耀，上面有插着绢花的铜碗，杂志散得满桌都是。电视机和录像机，银手把和黑按钮，一盘带子重放时满意的哼歌。

她真的不喜欢其他房间。厨房是最吸引蟑螂的地方。有一次她把手伸到一袋炸薯条里，感到了一个坚硬而光滑的甲壳在她手指下移动。走廊很长，铺着地毯，她会以全速跑完它——有太多空荡荡的地方要覆盖，她的足底踏到苍绿色的地板上的凸起处，步子反倒加快了——她的卧室就在走廊尽头，她会从门口一跃而至蓝色的床单上,期望床上不会有什么东西在移动。

从没有一个晚上,她可以不用看到五六只或十来只蟑螂的。有时候她眼睁睁地躺着，聆听它们小小的腿的抓擦声。有时候她压根就无法睡。

她母亲从没见过蟑螂。琼可以为母亲从没注意过的事物造一座纪念碑了——比如说，一个外孙，从其出生之后，她仅仅来看望过两次——可是一想到母亲居然从没看到过蟑螂，她依然因为愤怒而颤抖。

琼一遍又一遍地请求母亲准备杀蟑药。你反应过头了，母亲会说。你知道黛西可以抓住它。而且根本就没有太多蟑螂。

她记得有一阵她喜欢把她的小蜗居的地毯当作她自己的舞

台，她会请求母亲来看她的表演。当我要休息眼睛的时候你再为我表演，母亲会说。她是躺在沙发上说的，而眼睛已经闭上了。

她记得母亲坚持要带她去美甲：会很好玩的，母亲说。不，琼回答。那个时候她大了一些，性情渐渐流露。不会好玩，我痛恨有人弄我的指甲。我痛恨那个味道，而且他们用上工具的时候我会痛。你才是喜欢美甲的那个人。

母亲把她的梳子甩到台子上，化妆镜抖得嘎嘎响，可是第二天她们就去了“可爱的指甲”，母亲肯定相信就是从那一天起，琼爱上了美甲。

她母亲从来看不见。

母亲甚至不劳烦去看。

你应该更体谅父母，对不对，在你有了自己的孩子后？在你明白了为人父母究竟意味着什么之后？可是在她身上，恰恰相反。在二十多岁的时候，琼和父母达成了一种说不清的和平，可是一旦林肯来到这个世界上，她的愤怒又回来了。她能做到的最好的控制便是对愤怒视而不见，于是愤怒继续保持暗黑，蠢蠢欲动。

李·斯特森（Lee Stetson）说过“这瓶波尔多令人毕生渴求”之类的话，他开一辆银色的跑车，他亲吻阿曼达的手，那就是琼认为成人世界该有的样子。每个人都又美丽又机智，鸡尾酒和异国情调以及蒙太奇。她有一个跟拉萨阿普索犬睡觉的母亲，母亲不介意狗屎的痕迹粘到了被单上，却对触摸珍贵而明亮的云母嗤之以鼻；她有一个可以花上一整天时间去猎捕小动物的父亲，这个父亲却从没能回来面对一个身量已经成年的女儿。

雪碧灯闪动的节奏加快了，像疯了般。

她意识到林肯没有动静了，也许是追着了。他的手指上包裹着白巧克力，放松地指着天空的方向。他的头枕在她的股二头肌上。她看着他胖乎乎的脸颊，他的睫毛垂下，鼻尖呈一个小小的圆，一个完美的终结点。昨天他在一个句子里用上了“兵工厂”这个词。他的小脑袋瓜里有一整个世界。

她看着他。

只有他。

她必须集中注意力，虽然这对她来说并不容易。

“我希望我有一条萨奇。”他嘟哝着说，她既惊讶于他没有睡着，也惊讶于萨奇通常是次于他最爱的毛绒玩具——一只软趴趴的长颈鹿的第二选择。萨奇是她自己的毛绒玩具狗，现在都有三十多岁了；它的左耳有一个洞，大到你可以把手指伸进去，它的鼻子也被磨掉了一部分。她小的时候，舅舅会把萨奇放在早餐桌上，同时央求她尝一口鸡蛋。她突然也怀念起萨奇来了，它被棉花填充的德国牧羊犬的身体，被摩得斑斑驳驳的。它见识过所有她爱过的人们。

“你为什么想要萨奇？”她问。

“因为它是警犬。”林肯稍稍抬起了头，“它保护大家。”

她想要去跟他保证她会保护他，可是接下来传来一声轻响，一阵移动，就在明亮的灯光之外。

在那一秒她意识到门是开着的——可乐机另一侧的门——已经有一个人声传来，接着出现一张被售货机红白相间的旋转灯照成粉红色的脸。

一张脸。长发飘飘。黑眼睛盯着他们。

琼花了一两秒钟时间——时间是胶着而缓慢的，就像浸在摩丝中的蟑螂腿——她才意识到这个声音属于一个女孩，她实在忍不住叫出了声。

女孩伸出一只胳膊，手指蜷曲，她的整个身体都可以被看见了，不过只片刻，接着就缩回到机器后边去了。这是一个年轻的黑人女子，一个青少年，头发编成小辫垂下来，在光线的照耀下成为一绺一绺的亮红色，看上去像蜡笔一样。在茂密的头发掩映下，她的脸显得很小。

“来吧。”女孩说，“快点。”

下午7点23分

琼肖然不动，琢磨着女孩的脸，好判断她是不是枪手的女朋友，是被人送来跟猎物们玩游戏的。可是这个女孩看上去非常年轻，非常紧张，很难去怀疑她有什么不良企图。

“如果你愿意。”女孩说，她转过身，看向黑暗，只露出后脑勺。她的声音听起来不安又恼怒。

正是这恼怒说服了琼。她用一只胳膊环住了林肯，把他抱起来，直等到他的脚站直，然后她也站起身，从脸上拂开香蕉叶。她把儿子推到身前，经过了可乐机，继续推挤，走得很急。他的手在她裙子里搅动，她的腿疼，这真别扭，但她不说。接下来他们就迈入了餐厅了，玻璃门在他们身后关上。太大声了。

琼用前脚掌蹲在地上，一只胳膊依然环着林肯的腰。门上有一道长长的裂缝，她注意到，一道银线呈鸡爪状跨过玻璃。

女孩在她前面，一动不动，也屈着身体。他们就在午餐台旁边，左边便是收银机。她们的右边有一整面玻璃墙。天花板上的灯是关着的，但是餐厅的展示台依然从里面亮着灯，因此房间里有荧光在闪耀，白色的塑料桌椅——她认为它们是白色的——此刻成了浅绿色的深海生灵。

女孩没有理会他们。她的手越过他们的脑袋，腋窝离他们很近。她闻上去有一股香粉和面包的气息，令人愉悦。

“门。”女孩说，一边拨上门闩。

接着女孩再次弯下腰，往前移动，经过了食物柜台，他们则跟随着她。有几张桌子上面整齐地覆着倒扣过来的椅子，椅子脚冲着上方，可是其他的桌子甚至椅子都散落在地板一旁。在两根柱子之间拉着一条红绳子，通常那绳子是用来告诉人们在哪里排队的，而两根柱子本身也被翻过来了，因此它们圆圆的基座也冲着上方。

“回这儿来。”女孩说，一边往前朝他们挥手，似乎他们并不总是离得如此之近，他们也许会踩到她的脚。

“那是谁？”林肯问。他的气息喷到琼的脸颊上，温暖而湿润。

他的手依然裹在她衬衫的褶边里，拉拽着。

“我不知道。”她说。她意识到她不知道很多事，就像她并不知道为什么决定要把自己跟一个陌生人一起关在这栋建筑物里。门开了，有另一个人，看上去像是一个天赐之物——但如果上帝正派人来，为什么是一个青少年？——也许这是一个可怕的错误。她依然不能意识到该转身。她感到被什么力量驱使着向前。为什么会这样？

她感到天旋地转，脑中乱成了一锅粥，可是她的脚步却在拖曳向前。他们驼着背，经过了空荡荡的曾经摆放着食物的金属与玻璃的箱柜。里面曾经有马芬蛋糕，她想，以及苹果味儿的丹麦点心。它们被摆在墙上那一排窗户之下。从这些窗户往外看，她可以看到茅草屋顶的下面一侧以及探照灯之外的黑暗。这黑暗跟她在外面看到的完全不一样——她看不到大象的领土，看不到远处的松鼠或是被照亮的街道。稻草屋顶无尽地延伸着，前方的世界也许就是实实在在的非洲。

她好奇于相反的视界——从餐厅之外往里看。他们的轮廓会有多清楚？多突出？外面会不会有人正想着她的皮肤看上去就像海洋动物一般苍绿苍绿的？

她再次把脸转向前方。在这里的光线下，可以看到女孩的头发被染成了暗红色，有着黑色与铁锈色的条绺。

地板上有一只死掉的瓢虫。林肯没有看见，虫的外壳在他的鞋底下碎掉了。

女孩加快了脚步。琼紧跟着，林肯被她裹挟着，但他却是以自己的力量在走动。她的大腿在这种半蹲着的行走中尖啸不已。

他们绕过柜台，进入了厨房区域，经过了不锈钢的台子和一座巨大的炉子，以及许多各种尺寸的把手。瓷砖地面有点打滑，她小心翼翼地挪着步子，同时紧抓着林肯的手。

“差不多就是这里了。”女孩低声说。

厨房到了尽头——没有更多设备了——紧接着瓷砖地面的是一条短的走廊，通往一道不锈钢门。女孩推开门，他们踏入了一个两边都有钢铁柜台的房间，柜台下堆着纸板箱。灯当然是关着的，可是墙上高处的一扇方窗透进一抹混合了月光和户外聚光灯的光亮。

一个女人坐在地上。这是一个年纪大一些的女人，白发，苍白的皮肤，靠在一堆纸箱旁。她穿着牛仔裤和运动衫，见他们进来，她点了一下头，脸被阴影覆盖着。

“进来吧。”那女人说。

“这边，林肯。”琼说，把儿子引入房间，同时也对那个女人点头以致意。

纸板箱填满了地板上的每一寸见方，只留下通往房间中央的一条窄道。琼可以辨认出一个箱子里的塑料叉勺，另一个箱子里的咖啡过滤器，但大多数箱子都用胶条粘得牢牢的。在柜台的上方起码有一打大长勺沿着一根磁条悬挂着。有一批餐刀。更远处，一池闪亮的红色令她畏缩，可是接下来她便看到了番茄酱的瓶子，七——八——一瓶瓶番茄酱排成整齐的一列。瓶盖子都被去掉了，有一处，番茄酱都流到了柜台上，在地面上滴成了一摊。

“我正要勾兑它们。”女孩说，一遍滑动着铁门上的锁。

琼往后看，那扇门打磨得如此光亮，即使在微明中，门上也可以看到一个女孩的倒影，一个魅灵，模仿着女孩双臂的起起落落。门里的女孩就像现实中的女孩一样轻柔地往地板上坐下蹲姿势，四肢合拢，直到她坐定，盘着腿。

现实中的女孩戴着一顶褐红色的贝雷帽，正好是她发辫的颜色，她的牛仔裤松垮垮地吊在胯上。她瘦骨嶙峋。

“我的意思是，番茄酱。”女孩说。她把手肘搁在一个贴了“植物鲜奶油”标签的纸箱上。“当我听见他们进来，我正要把这些瓶子的酱汁勾兑混合，而我洒出来了一些，事后弄干净似乎很傻。你知道的吧？”

“番茄酱？”林肯重复道，向她爬近了些。他的脚交叉着搁在琼的脚上，而琼正在推一个箱子，试图腾出更多空间来。

琼坐下后，研究了一下房间。只有一扇门。对任何想要往里看的人来说，那一扇窗肯定太高了。她发现比起理解那个女孩提到调味品的意义而言，把关注点集中于他们周围的空间，权衡利害，要更容易些。

除了女孩的声音，房间里寂静无声。琼再也没有听见万圣节的音乐了。她并不确定她是否喜欢这寂静。

她意识到，她的双脚几乎碰到了那个老妇人，后者正在沉默地注视。琼把腿收拢了些，她把林肯固定在自己的大腿上。他的腿落在她的双膝中间的空隙里。

“那么，枪手们进入餐厅的时候，你就在这里？”她悄声问那女人。

“不是我。”女人回答，声音很低，“我在大象那边。我戴着耳机，所以一开始甚至都没听见枪声。可是她发现了我，就像她发现了你。”

“他们并不知道。”女孩说，并没有放低声音。仿佛她就坐在什么地方的一张沙发上，一边吃着披萨，看着《与星共舞》，一边闲聊。“那几个男人。他们并不知道我当时在这里。他们甚至都没有用心看。那是一件古怪的事。难道你不认为他们会仔细检查么？就像，他们会真的对此很认真？如果你端着枪要干掉什么人，你难道不应该对这种事有个计划吗？”

女孩的答话滔滔不绝。

“我们可以更小声地说吗？”琼悄声道。

“为什么？”女孩微微耸肩。“从门外听不见这里的任何动静。相信我。我试过。因为当经理想要教训某人一顿时，她会回来这里，关上门。我爱死这个地方了，因为我总在吃咖啡蛋糕，像是对咖啡蛋糕疯狂上瘾，我们所有的人都想知道，我的意思是——无论如何——我是在说当那几个男人进来的时候我是如何回到这里的。这里没有顾客，我的意思是，因为，这是件好事——可是在那些男人再一次走出去之后，我打开了门，看着他们离开。从窗户里我可以看见一个男人和一个女人朝小路走下去，我听见枪声，接着他们倒下了。但也许他们稍后又站起来了。”

琼不得不集中注意力去倾听女孩说的每一个字。这就如同她到了一个国家，以为会说这里的语言，当某个出租车司机或是看门人开始非常快速地说话，她便意识到她的所有的口语练习和跟着音频的听力训练对此都无济于事：即使她的单词量足够大，她也只能大概听懂三分之一或四分之一的内容。

“也许吧。”她对女孩说。她吸引了白发女人的注意。

她们相互琢磨了片刻，她注意到，即使这个女人用运动衫来搭配着银耳环和项链，而她的发型是经过精心打理的——看上去仿佛是就算有人一碰，头发也能立刻弹回原形。她的指甲做过美甲，不是那种花哨的颜色——某种粉彩的颜色，雅致而审慎。

琼怀疑这是一个不化妆就不会出门的女人。

她后悔跟着女孩来这里了。她不想待在这里。

女孩的脑袋仿佛被厚厚的头发坠得太沉，她往后仰了仰头，抬头凝视。随后她稍稍甩了甩头，让发丝披覆在肩膀上。

“你有没有听说过如果有人拿枪对着你，试图强迫你进入一辆车是什么情形？”女孩说，“你最好赶紧从他们身边跑开，因为从六英尺外一枪打死你的概率，从某种程度上就是60%？如果你跑开了有十英尺远，概率就是30%？因此他们可能击中你，但很有可能不会杀死你。然而，如果他们在三十或是四十或五十英尺开外，他们就不剩任何可能性了。”

琼朝下看着林肯，林肯在她的腿上换了下姿势。他似乎是被一个像是土豆捣碎机的玩意儿吸引住了——她不知道这东西是怎么到了他手上的——但他经常是比她以为的更加仔细地倾听。她不想讨论枪伤的点点滴滴。

“你多大了？”她问女孩。

“十六岁。”

女孩听上去挺自豪。琼差不多都忘记了那种感觉——因为自己的年龄而觉得高兴。

“那么，那些人进来的时候，发生什么事了？”她再次问，因为她越是了解枪手，越有好处。

女孩往纸板箱上又靠过去一些。她的下巴在轻微颤动，仿佛她在舔着一滴咳嗽糖浆，或是嚼着口香糖。

“一开始？”女孩说，“一开始我听见外面有一声尖叫。可是有时候就是会有尖叫声的，你知道吧？比如小孩子跑来跑去的时候——你知道那个会喷水的大象雕像吧？他们让小孩子去喂长颈鹿，有时候那些小家伙们会被它们的舌头吓到。再说，音乐声也太大了，我当时正在忙着做闭店前的逐项收拾整理。过会儿尖叫声就消失了，接着有好一阵，一切都安静得不得了。你听见了枪声吗？”

女孩的声音依然很大。琼努力要压住她的冲动。她想说，如果你继续这么说话我们会死的。从逻辑上来说，她理解这儿有一道隔音门，可是逻辑连它自身都说服不了。

“我们从远处听到的。”琼有条理地、冷静地说，“我和我儿子在儿童游戏区的树林里。我当时不知道那声音是枪声。”

林肯掉落了土豆粉碎机，他站起来去够。老妇人把它递给了他。他谨慎地从她手里接过。

女孩激动地点着头，“我也是。枪声一开始非常远。我们都快打烊了——门关上了——当我听到有人在门边的时候，我都已经回到这里了。”

“嘘……”琼说，她忍不住。“再小声点。”

“他们听不见我们说话的。”女孩重复道。

白发的女子伸出一只手，碰着女孩的胳膊。不是轻触，而是实实在在地触碰，她做过美甲的手捏住了女孩的上臂。

“小声。”女人说。她的声音中有一种令人震惊的威严。“她是对的，你得把声音压低。”

女孩看起来有点惊讶，可是她点了点头。那女人拍了拍她的胳膊，放开手。

“很好。”老妇人说。

琼再次考量着、评估着她。

“无论如何，”最终，女孩轻声说，“我正在勾兑番茄酱——它们总是沾满我的手，无论你多么努力，总有斑斑点点弄到你的胳膊和手腕上，直到它们干了你才注意到。我听见有敲门声，最开始我以为有人要用厕所。”

女孩伸直她细瘦的腿，然后她仿佛折纸一样把腿盘起，相互交叠。她总是在动弹。

林肯此刻正在注视着这个女孩，他睁大眼睛，神情专注。土豆捣碎机被他忘在了脑后。

“当然不是啦。”女孩说，一边再次咀嚼起来，“你知道我当时真正想的是什么吗？我说过我以前在夏威夷‘冰爽’是怎么工作的吗？开那家餐厅的女士去了我的教会。无论如何，有这么一位每个周六都会进来的老太太——”

女孩停顿了一下，但她看上去从不像是在寻找回应。停顿不过是她自有节奏的一部分。

“她总是想要摸我的头发。”她继续道，“女士们有时候会那么做，白人女士，我无意冒犯，但她在摸到我的头发之前是不会离开的，有时候她来晚了，我都已经关上窗了，因为都到关门了，而她会大力敲门，直到我把门打开。”

这个停顿看上去像一个机会。琼对女孩的嘴能否会消停不再抱指望了。

“可是你刚才是在跟我说枪手的事儿？”她突然打岔。

“是啊。于是我嘎吱嘎吱地打开了门。”女孩朝那扇坚固的门点了点头，“我可以看到那些人踢开了侧门，我可以看到枪。像是来福还是什么？他们走进来，开始扔东西，那太傻了，你不认为吗？我的意思是，如果他们静悄悄的，我就不会知道他们在这里。可是当他们两个走进来开始搞破坏，大砸大摔，我就把这扇门在我身后锁起来。锁在里面这一边。我觉得吧，有人肯定陷在这里头过。你也可以从外面锁上它，可是需要钥匙来锁，我有那把唯一的钥匙。所以，在这儿还是很安全的。”

这女孩吞下了她刚才在嚼的东西。

“她戴着一顶帽子。”林肯宣布。

“你喜欢帽子？”女孩问，一边摸着她的贝雷帽。

他点了点头。自从他会观察人行道，扫视步行的人和自行车手后，似乎已经过了好几年。在他观察那些人的时候，他会伸出手指，给头戴设备命名。帽子。头盔。帽子。帽子。头盔。他会喊出来。

“我自己还没有看到那些人。”老妇人说，一边强做笑容，收回她的腿。“如果凯琳没有拉住我，我会直接走过去撞到他们的枪口上。你呢？”

“等我看见他们的时候，我们差不多都到出口了。”琼说，“然后我就跑到了旧的豪猪展区那里。”

老妇人微笑地看着林肯。这是一个友善的笑容，完全超然于他们周围的一切。“你会假装你是豪猪吗？有长长的大钢牙？”老妇人曲着一只手指，弹了弹林肯的小脑袋，又抽回手去。“哎哟！”

林肯笑了。他的朗朗笑声吓了大家一跳，但让大家非常振奋。从窗口透过来的光捕捉到了那女人的脸，她的表情是欢乐和专注的。琼有一个疑问。

“你是老师？”她问。

女人微颔首，嘴唇略微弯起。“对，教三年级。有三十六年了。我去年退休的。”

“哪所学校？”

“汉密尔顿小学。”

如果是在鸡尾酒会或是午宴上，琼会说：“哦，我有一个朋友，她把两个孩子都送去了汉密尔顿。”她们两个就会不停闲聊下去，这样的来回如果此刻进行，就会显得气氛非常不对。她不会表现得仿佛一切都是正常的。她不想对这些人了解更多。没必要聊天。

凯琳。这个女人说过，这女孩的名字叫凯琳。

“当你看到那两个男人，”琼问凯琳，“你有没有看到任何人质的迹象？”

“人质？”女孩说，“如果他们想要人质，为什么还要开枪射人呢？”

琼摇了摇头。这无济于事。也许她试图把拼图碎块拼到一切，只不过是浪费时间和精力。

“你要试试我的帽子吗？”凯琳问林肯。

“不了。谢谢。”他说。

女孩钻过身去，抬起她左侧一个箱子的翻盖。随着一阵玻璃纸的沙沙声，她拽出一个小袋子。

“你们知道我有什么？”凯琳说，“动物饼干。”

即使在微明中，琼也可以看到林肯的牙齿闪过一道光。

下午7点32分

林肯差不多吃完了他的动物饼干。琼承认他有胃口是一个好迹象——她自己一丁点儿食欲都没有，要吃点随便什么东西的想法让她的喉咙发紧。

她可能不是唯一的纠结者。那个老师最终也让步于凯琳再三的主动款待，可是她没有尝试去吃她从袋子里拿出的唯一的一块曲奇。她把它用拇指和食指夹着，用一片涂着无色指甲油的指甲轻弹着它。

凯琳看上去胃口没有任何问题。她正撕开了又一个袋子，手伸了进去。她还左摇右晃的，头发也甩来甩去。

这个女孩在缓缓地让琼发疯。

“你知道我真正想要的是什么吗？”女孩一边说，一边咀嚼，“洋葱圈。也许是红薯泥和圆头面包上的玉米，但不是冷冻的那种。你有炸锅吗？”

琼摇了摇头。那位老师也如是。

“我一直在求我父母。”凯琳说，“请求他们去买一个，因为通常我才是做饭的人，用长柄平底锅可做不出油炸锅能做的东西。用炸锅，我可以炸洋葱圈，或是奶酪条。炸鱼。你知道的，在这场乱七八糟的屠杀后妈妈可能会觉得后怕，因此也许会给我买一个。”

没人回答她。

凯琳在牛仔裤上擦了擦手，往下看着林肯。“那么，你叫什么名字？”

“林肯。”他回答，依然在嚼吃的。

“就像亚伯拉罕·林肯？”

“是的。”

琼并没有惊讶女孩没有问她的名字。再也没人去在意她的名字了。

“你知道亚伯拉罕·林肯是谁吗？”女孩问。

“是的。”林肯说，“总统。他被暗杀了。”

琼忍不住对他微笑，她知道“暗杀”这个词令她着迷是有点古怪的。可是，有多少四岁的孩子知道这个词呢？这得追溯到他喜爱总统的时候——这是又一个他过去执迷而现在不再继续的行为。那时候，他喜爱里根嗜好软心豆糖，尼克松爱好打保龄，奥巴马热衷于玩篮球。他喜爱乔治·华盛顿的假发。他喜爱富兰克林·罗斯福的轮椅。当他们玩“看医生”游戏时，她会检查他的身体然后告诉他他有耳部感染或肚子疼。他会告诉她她有小儿麻痹。

他们有过那么多的前廊上的足球游戏：他想要成为格雷尔德·福特，她想要是罗纳尔德·里根。格雷尔德·福特正在展示他的控制技术，他的一只脚放在足球上，喊着格雷尔德·福特在进攻……格雷尔德·福特得分了！罗纳尔德·里根在试着把球从格雷尔德·福特那里夺回来！罗纳尔德·里根把球踢出界！

“他的帽子里有报纸。”林肯在说。

“你怎么知道我们当时在外边的，凯琳？”琼问。

她好奇于当他们在暗黑里爬行，迅速环顾周围的粗混凝土，未曾踏及一片干叶子的时候，他们的表现是多么引人注目。她还记得他们在走出林地和儿童游戏区时经过的黑黢黢的寇拉咖啡厅（Koala）。那里的椅子都倒扣在桌上，没有生命的迹象，可是，当然了，那里可能还有动物园工作者。他们有可能躲在厨房里或是蹲在收音机下，就离她把手掌抵住门的地方几步远。也许她已经经过了十几个人群在安全之地的聚集处。他们都透过黑乎乎的窗户窥视外边，也许他们所有人都不发一言地让她经过了。

那些小小的手指伸着，那些手在拍打。

她可以告诉其他人。这个想法愈演愈烈。她可以告诉她们那个婴儿的事，她甚至可以去把孩子带到这儿来，赦免自己的罪，而她告诉自己她不那么做是因为，如果她被击中了，那么林肯将置身何处？同样，如果这个房间不是如此隔音，那个号哭的婴儿能让他们都置于死地？但让她保持安静的不是这些理由。

她无法想象告诉她们。她无法想象告诉任何人。

凯琳在回答她。

“然后我就听见了零食机的响动，”她说，“你可以透过墙听见机器的震动。有时候，我会在休息时到外面去，逢到发薪日，就在那台机器上买点什么。我听见了那个声音后，就朝外面看，看见了你们，你们正在走入那些植被中。然后我等了会儿，我计划等你们回来经过门的时候叫住你们，可是你们并没有出来。于是我打开门，走出去，找到你们。在那里并不安全。”

琼依然不能理解这女孩。她嚼着动物饼干，没头脑地侃侃而谈，她看上去不像英雄类型的人。可是她自己冒险把他们带到了安全的地方——这一点可不能否认。

凯琳刷去牛仔裤上落下的碎屑。“我保证他们进不来。没有理由担心。”

也许这女孩不英雄也不愚蠢。也许她只是用一种十六岁孩子才有的方式表达自信。她又在甩动她的头发了，将其从一侧肩膀弹到另一侧肩膀。来来回回，来来回回。

琼别开脸。当她看不见这女孩的时候，感觉要好得多。那个老师的想法是正确的：她坐在那里，双目紧闭。沉默而疏离。她的手里还攥着那块没动的曲奇，她把饼干用不同的手指轮流夹住，仿佛那是一颗护身符。

接着，似乎是感觉到了琼在看她，老师睁开眼。

“一切都会好起来的。”她说，用一种平静和些微让步的语调。琼好奇于为什么她现在要说话，为什么她会选择用这些字眼儿。

“会吗？”琼答道，语气很可能比她应该有的态度更尖锐。

“上帝不会把我们引到这么远，只是让我们死。”老师说。

琼勉强挤出一个笑容。她不想劳烦去告诉那女人她压根不相信是上帝把他们带到这儿来的。那究竟意味着什么呢？他不也把枪手们带到这儿来了吗？那些躺在水泥地上的尸体——他当时不正指引他们向前么？

“到目前为止，我们是幸运的。”那位老师说，一边摩擦着她的膝盖。“有人在照顾着我们。”

“这想法可真不错。”琼说。如今她才是听起来让步的那一个。真相是，她感到了屈尊，她不喜欢这女人太完美的发型和她天真的答案，但这女人相信愚蠢的事儿，并不是她的错。

琼再次试了试。

“你这么说真好。”她说。这一回，她的声音友善了些。她欣赏于她的赞许。那女人只是点了点头，再次合上了眼睛。

林肯把他的空袋子丢在地上，把膝盖蜷起。他一定是感觉非常自在，因为他动弹着身体，膝盖弯起又伸直，脚一会抬起，一会又放到地板上。他朝远处的墙跳过去，有可能他会绊到一个装着纸盘子的敞开的箱子的盖上。可是他不再黏她了，这是件好事。

“你会绊到那个箱子的。”琼告诉他。

“不，我不会的。”他说。

她注视着他。在她旁边，女孩在甩着自己的头发。

“你知道我爸爸以前总是干什么吗？”凯琳说，“我们玩捉迷藏。”

“你可以闭嘴吗？”琼打断她，“看在上帝的分上！就一小会儿，你能不说话吗？”

这话刚一脱口而出，她就后悔了，然后她注意到了林肯脸上的表情。接下来的一切都令她窘迫。

“妈咪。”他说。他的眼睛睁得老大。

琼深吸一口气。她不能确定她有没有看到过他对她失望。那个老师也带着不认可的表情盯着她看。而凯琳脸上的表情更糟，那是受伤的表情。

“我知道我说了太多话。”女孩说，“对不起。”

“不，我才对不起。”琼说，“我不应该那么说。继续吧，跟我讲讲你爸爸。”

她其实并不指望女孩会继续说下去。一部分的她的确希望凯琳是那种反应过度的人，是会愠怒和收回的闷闷不乐的青少年。可是，不，这女孩显然回弹力很强。

“好吧。”凯琳说，小心翼翼，充满希望，似乎琼可能会改变心意，“那么，我们会玩捉迷藏。和我爸爸一起。我和我妹妹永远都是藏的人，爸爸会来找我们，可是他总是踩着可怕的大步去找，呼吸粗重，你听到他过来都会发抖。接着，一切都变得悄无声息，你就知道他接近了，再然后，他到了——他的手伸到床底下来抓住你，或是扯掉待洗衣物中的床单，你于是就没了遮挡，袒露在他的视线下。你就会不停地尖叫。他喜欢吓唬我们。他总是因此而大笑不已。”

琼觉得这女孩的父亲一定是个混蛋，但这不重要。

“有一次，”女孩继续道，“我躲在壁橱里，他拉开一扇门，我一下子就被吓到了，以至于往后跌入一个架子里，割到了自己的胳膊，血流的那个多！——比我以前历次看到过自己流出来的血还要多。我忍不住哭了。”

“他笑了吗？”琼问，并没有任何意图。

“没有。他帮我起身。我可以看到他的感觉有多糟糕——他不停地说对不起，一遍又一遍——他把一张擦手纸包在我的伤口上，把我抱在他膝盖上，我依然在哭，他告诉我要勇敢，我告诉他我不能，因为我在流血。接着他从台子上拿起一把刀，把刀放到自己的胳膊上，就在我面前切开自己的胳膊。接着他也开始流血了。他把胳膊伸过来，说：‘跟我一起呼吸，小女孩，吸气，呼气。你和我一起。’于是我照做了。接下来我们都贴上了创可贴。”

琼可以看到这幅场景。她看得比她想要的更清晰。她可以看到泪水从凯琳的脸上滑落，当然了，她自己小的时候会梳着辫子，或许也戴贝雷帽。现在她可以看到一只小小的流血的胳膊，以及一个让自己也流血的父亲。

她对这个女孩微笑。一个看到有人挥舞枪支、其他人倒下的女孩。一个离开自己安全的藏身地，去帮助从未谋面的人的女孩。

“有时候，深呼吸是管用的。”琼说。

凯琳往前倾了倾脑袋，头发在头的两侧摇摆。这一刻，这个举动并没有激怒琼。就是小孩子的习惯而已，她想。也许，头发摆动的感觉就是一种安慰。

“我想要他在这儿。”凯琳轻轻地说。

琼朝她靠近了些。这是自从他们被一起关在这个房间之后的第一次：这个女孩真的理解了她就在这里，在这现实之中，感觉着沉甸甸的生活本身。

“是的。”琼说。

“你希望你爸爸在这里？”

琼梳理了一番对那个问题的种种可能的回答。

“嗯。”凯琳说，“我爸爸有好多大型枪支。”

凯琳笑了，只不过是很小声的咯咯笑。琼感觉到心中的什么东西舒展了，她也不确定这种舒展是好是坏。

“为什么你是做饭的那个人？”琼问。

“爸爸妈妈都工作到很晚。”女孩说，“而我喜欢做饭。”

“我女儿做蛋糕。”那位老师闭着眼睛说道，“蛋糕有五六层。当她还是个小家伙的时候她就爱这样。她做的蛋糕就像你在店里看到的。”

琼打量着这女人。她看上去如此放松，很有可能随时会睡着。她的头发光滑而垂顺，项链的坠子完美地落在了脖子的前方正中。她如此平静。也许她是在祈祷。琼承认，相信他们被某种力量看护着是如此具有吸引力。上帝和他们同在。她会想要相信这一点。当林肯跳上跳下、扭来扭去的时候（他真是个不合作的托钵僧），她的想法正在转变。虽然她已经警告过林肯，他还是撞到了那个装着纸盘子的箱子，往后摔了一跤。

房间里突然洒满光亮。有那么一刻，琼非常困惑，几乎要被亮瞎。可是接下来她看向儿子，看到电灯开关就在他打结的发卷上方。她扑了过去，把他从墙边拉开，一边用手拍下开关，把头顶上的灯灭掉了。

黑暗中，一片寂静。

她听到自己在呼吸。她闭上嘴，可是呼吸从鼻子中出来时，声音更可怕了。她发现林肯的手抓着她自己的手，他的手指扣在她的手指上。

他坐在她的腿上，不再乱动了。他们都坐着，等待着。

“就一秒钟而已。”凯琳说，这有可能是他们踏进这个房间以来她没有说话的最长的时间。琼很开心能再次听到她的声音。

“没关系的。”老师说，“我们没事的。”

琼很感激她们所做的努力。

“妈咪？”林肯说，他的声音在发抖。她已经在留心不要说出责怪他的话了。但他依然从她这里或是其他人的反应中捕捉到了什么。她以前听说过，小孩子就像狗，可以闻到恐惧的味道。

“没事的。”她说，“没事的。我们都没事。”

一个有灯的房间，灯熄了又亮，亮了又熄，就像一座在召唤所有来者的该死的灯塔。

“没事的。”她重复道，一边紧攥着他的手。

他的手指如此小。

他的人如此小。

他那软软的关节啊——迄今为止，他身上还没有任何地方是粗糙不平或坚硬的，甚至他的脚跟或手肘都不是。有时候，她会在洗澡后用一只手指的指尖划过他所有的关节，只为了看他是不是正在变得更结实，希望他并没有，并且因为这希望而觉得内疚，因为当然了，他必须变得更结实。对他的一个个关节和他硬而光滑、如同她手掌下的贝壳的指甲的感觉，暴露了她心中的某种东西，某种几个小时之前就被击碎的东西，只有她会去一厢情愿地把这些东西好好聚合到一起。

她已经拒绝去想以下的事实：他可能会死去。

她不能去想这样的事，她依然有使命，她需要去行使自己的使命，她从来没想去做那种不让自己的孩子吃生面团或是看护人不跟着就不让孩子出门去街区玩耍的女人，你不得不去控制那种恐惧，否则你就永远不能看着自己的孩子走出前门。而他们此时就在这里，在这个死亡气息扑面而来的地方，可是她还没有去考虑这一点，没有真的考虑，因为她有着某种模糊的念头：如果她去考虑了，死亡可能就真的来了，那道张着大嘴的深沟就真的敞开了。这就是你有了孩子后会做的事，不是吗？敞开自己，应对无法想象的伤痛，然后试图假装这些可能性都不存在。

她集中注意力在他的手上——想着他邪恶的大笑，吗-哈-哈-哈，以及他从午睡中醒来，看到她朝他倾身过来时微笑的方式——这么想着，恐惧就消退了。

他们很有可能都在试图想说些什么，以填补这沉寂，枪声在外面爆裂般响起，距离远到他们觉得那像是鞭炮声。

不同的炸裂和小小的爆破声汇成一股合唱。有一声非常响亮的嘟哝，以至于琼以为那人用上了扩音器。正当她在搞清楚这是怎么回事时，她听到了某种不能辨别的重击。她想起一排排的烤盘掉落到地上。这喧嚣是多频的，并且在扩张。她知道那一定意味着什么，所有这些枪声、吵闹和吼叫。

最终，什么事情正在发生。有人在朝他们过来。她当然应该感觉释然或激动，可是她不敢轻举妄动。

“看到没有？”凯琳说，一边把头抵在窗边，“警察。”

“是的。”琼说。

“他们很快就会来这里了。”女孩说。

“是的。”琼说，一边交叉着腿。她想要站起。想要移动。

她的手落在了地板上的一个黏糊糊的东西上。她举起它，确定了她看见的是近处的一张擦手纸，而凯琳注意到了她的手肘。

“你伤到了你的胳膊。”女孩说。从她的角度，她能看到琼的手腕附近的生皮，而不是她手掌上的割伤。

“还不算太糟。”琼说。

“你不想被感染吧。”凯琳说，“我们这里没有什么卫生材料，但你起码可以包扎住。”

在琼还没来得及争辩之前，女孩朝工作台的台面扑过去，拉开一个抽屉。她手里拿着一张薄薄的擦盘布跌坐回来，开始把它裹在琼的手腕上。

“是干净的。”她说。

她的举动有一种令人惊讶的高效，这让琼无法反抗。这个女孩把擦盘布裹得紧紧的，在末尾处迅速打了一个结。琼只是睁大眼睛看着这一切。

“看到没有？”凯琳说，一边靠回去，胳膊枕着脑袋。她的头发擦过地砖。“感觉好些了吗？”

“是的。”琼说。事实便是，有布包裹着，伤口真的感觉好了很多。

当枪声重新穿透房间时，她还在研究着自己的手腕。枪声如此之大，仿佛是新出现一般，令人震撼。琼朝后晃动，头狠狠地碰在了台子的边缘，她的胳膊紧紧扣住林肯，以至于他都想要挣脱她。她的周围全是子弹声，她听见它们像嗒嗒一样的声音在她脑中会回响。她听到凯琳在尖叫，林肯在她耳边吼着什么，可是她听不清。

这声音令人身体都疼痛起来。她花了片刻才消去要把手盖住耳朵的冲动，消去盖住林肯耳朵的冲动。她已经转过身去因此背对着门，林肯被藏在她前屈的身体之下。

一个想法是她自始至终都有的：有人在餐厅里。有人就在他们所在的房间的钢门外，试图要进来。她用牙缝都能感知到那轰鸣。她确定，在那些人那么多次的设计中，总有一枚子弹会穿门而入。

也许响了有十几下之后，枪声暂停了。但几乎是立刻间，枪声再度响起。

凯琳匆忙站起，回到房间最里面的角落，处在一堆箱子的包围里，咖啡滤纸和纸杯子倾泻到地面上。那位老师差不多都站直了，双手撑着台面。

子弹再度停止，而这安静比喧嚣更加骇人。

“他们进不来的。”凯琳说。她在哭，虽然她的声音非常坚强，只有湿漉漉的脸庞说明了这一点。“他们进不来。”

琼不能如此肯定。门不过是钢铁，不是魔法。它的承受能力一定是有限的。她摸了摸脸庞，想知道自己是否也在哭，但她没有。哭泣是徒劳的。从今天晚上发生的种种，她已经学会，要咬紧牙关，要让自己能够正常呼吸。

呼吸的确是管用的。

她的耳朵里依然回响着枪火声。

“窗户。”她低语。她站立着，把林肯举到台面上。她在他身后爬上来。她推挤窗户，窗开了，谢天谢地，这并不用费什么力。只需她的手腕一拧动，窗户的把手就转动了：玻璃朝外推开，可是开了几英寸后，它就剧烈震动着停止了。窗户与窗框之间的空隙大到可以容下林肯，但容下她还是太紧。枪声没有继续——也许那些人在思考策略？他们为什么不说话？他们难道不应该是一唱一和的吗？他们是在门边调整姿势？还是说，其中一个正等在这扇窗外？——接下来，一个新的声音响起，一次更重的撞击朝门砸来。这一次，她在往上爬时，指导林肯在台面上乖乖待着别动。

窗边的灯光明亮。这肯定是街灯而不只是月光。她抬头看，看到了若干瓢虫，像一个个黑色的小纽扣，点缀着天花板。

“来吧。”她对其他人说，这话几乎是用口型默示，而不是发出声来的。她并不想盖过本来已有的吵闹去大喊。

凯琳朝她移过来。她把一只脚举到台子上，用极短的时间手脚并用地爬上来。

撞击声难道是来自攻城木？那位老师在使劲摇头，仿佛这震颤正在穿透她的头骨。

琼一只手放在林肯身上,另一只手猛烈地对其他人挥动着。黑暗中，她的手看起来朦胧不清，而老师依然在摇头。

“我做不到——”老师开口了。她接下来的话都被轰响淹没了。

接着吵闹声中有了一个变动——又一次“砰”，可是这一声里有了一种新的调子。一种不同的撞门。一阵叮当，一阵哗哗。

有那么片刻，一切都寂静无声——仿佛到了极乐世界——接着，门动了。它几乎是漂移着打开的，就开了一英寸。这个动静如此之小，以至于最开始，琼甚至都没看见。可是这扇门继续往外转动了一些，慢吞吞的，她知道它正在打开。她俯视着儿子，发现一片碎屑粘在了他下巴上。凯琳靠抵在她背后，她的躯体温暖而震颤。那位老师站得离门最近，正在逐渐后退，灯光照到了她的头发，于是头发闪着光。这一刻在延长，缓缓地，缓缓地，缓缓地。接下来，门砰地一下打到了背后的架子，全开了。

出现了一个男人。

琼忍不住想，她自始至终都是对的：他几乎不算一个男人。他可能还没有刮胡子。他没像她想象的那样穿着靴子。他穿的是网球鞋。

一秒钟。

两秒钟。

她悄悄移步到林肯跟前，腿在台子下面晃着。她觉得她完全挡住了林肯，也许有很大的可能性，枪手并没有注意到她的小男孩——她甚至可以把他从窗户推出去？不被那个人看见？她身后有一套刀具，一两英尺远，尽管她并没有要刻意朝它们看过去。

相反，她看着那个男人。需要费点努力才能看清楚他正朝他们端起的整根长枪——朝着那位老师——可是她的确看清楚了。

他的另一只手抓着一柄斧子，可是正当她看过去，他把斧子扔到了身后。他的外套太大，牛仔裤太紧，他的肚子些微地凸出来。他看上去很壮，但却有一些柔软的气息。她感觉着身后的台子，试图想起她如何在他开枪射她之前就到达他跟前，即使她做到了在他没看见的前提下抓住了一把刀子。她还能够成功刺到他，即使她要死了？她认为身体在知晓要死亡之前还是有几秒钟时间的，而她得有多大的力量才能把刀子捅入他的心脏？或许捅脖子要容易些，因为更柔软，没有肋骨挡着。正当她在寻思这些的时候，有手指在她身后抓擦，她在试图看清他的脸。

三秒钟。

四秒钟。

她无法看清楚。他的头微垂，她能看到的全部只是又宽又黑的眉毛。阴影让她觉得挫败，阻挠了她辨认出更多的细节。她想要让他看着她。他的枪在老师胸部的高度，可是他依然在朝地板看。

琼想要看到他的脸。

她的手指已经接近了那组刀具，她的指尖够着了一把刀的刀柄。她是该抽出那把刀，还是该试着把林肯从窗外放下去呢？但如果她那么做了，如果她移动得那么快，她肯定把枪引到他们的方向——而且现在也许已经太迟了，因为最终，此刻，枪手正在抬头看。

他正盯着那位老师。他没有转身，把手伸到背后，一只手啪一下撑住墙，等摸到电灯开关时，拉开了它。房间里再次明亮起来，那位老师的眼睛要适应光亮，眯了起来。

五秒钟。

六秒钟。

他把枪放低了。

“包威尔太太？”他问。

老师只是看着他，没有移动，没有说话。她的裤腿在膝盖部分已经磨破了，露出了一块苍白的小腿。她朝后仰着，背抵着台子，因此运动衫下面露出了一小块肚皮。

林肯扭了扭身子，他的一只脚戳进了琼的这一边。

说点什么啊。她在心里头示意那老师。做点什么，不论你是谁，告诉他，你就是包威尔太太。

老师挺直了身子。“是的。”最终，她说，就像应对点名一样冷静。她把运动衫拉下。

老师是他们中唯一动弹的人。琼的手放在刀把上，可是她并没有去抽动那把刀。她把目光锐利地投向凯琳，可以看到那女孩的脸上汗津津的闪光。她可以看到女孩的腿在发抖，或许是因为恐惧，或许只是因为用前脚掌蹲伏太久而导致的肌肉紧张。

一只瓢虫从天花板上掉到地板上。

“是的。”这位老师重复道，像刚才一样冷静，“我是玛格丽特·包威尔。”

持枪者把左手从枪上拿开，伸起又弯曲他的手指。一遍又一遍。他并没有在攫取什么。

“我是罗伯。”他说。他的嗓门如此之大，琼认出来了。他就是疣猴杀手。“罗比——”

他停住了，一边皱着眉，也许是因为跟人家宣布了自己的大名而觉得挫败。琼觉得有可能他会用打死他们所有人来弥补自己的错误，可他只是看了一眼自己的脚，把枪垂得更低了，接着又端起。

“我在三年级的时候遇见你。”他说，“罗比·芒特格姆瑞。”

那位老师再一次沉默不语。太沉默了。她也许是在迷惑他，可是她显然不懂什么策略。也许她只是怕得僵住了，又或许她的确不想承认她没有记住他。她只是看着他，看着他的发卷长长地扫过领子，看着他松垮垮的外套和他的枪：他左手里握着的来复枪，外套下别着的某种手枪，以及别的某种捆在他背上的大型玩意儿。

老师的双手依然环抱住她的运动衫。

“罗比。”包威尔太太说。

他点点头。

“罗比·芒特格瑞姆。”她说。

接着，他看着他们所有人，只是简单的一小会儿。他看了一眼凯琳，后者依然蹲在台子上。他看了一眼琼，当他往前探了一下脑袋，她知道他可以越过她的肩，看见林肯。

接着他往后退，抵着门框。

“这边走。”他说。房间里回荡着他的声音。“出来吧。”

他又看回那位老师——包威尔太太——不清楚他的指令是不是包括了他们其余的人，管他这是什么指令。有可能他会赦免那位老师，然后回来找他们。又或许他只是把她先引出来杀掉，接着回来找他们。

可是当包威尔太太走向门，罗比·芒特格姆瑞朝着他们其余几个挥着手。琼滑向地板，胳膊下夹着林肯，缓步移动着。她寻思是不是应该带上一把刀。接下来她就在转身了——她依然不确定——然后她就失去了那个机会。她听见凯琳的脚击中了地面，然后她抱稳了林肯。

琼跨过了纸杯子。她把注意力集中在地板上。但她再度抬起头，她看见罗比·蒙特格姆瑞正在碰触那位老师。当她经过门道时，他的一只手放在她的胳膊上。

“你不记得我了，对吧？”他说。

包威尔太太俯视着他的手，他放开了她的胳膊。这位老师像平日里一样，很慢才开口说话。可是一旦他重新移动他的手，她就伸出手去，两只手指捏着了他的手腕。

“你坐在那个把胶水放在耳朵里的小男孩旁边，”她说，“哈里森……哈里森什么的。你喜欢帮我把布告牌钉在一起。任何种类的装订。你还喜欢订书钉去除器——你说它看起来像是——”

“吸血鬼的牙齿。”他说。他笑了。

“妈咪？”林肯轻柔地说。他的气息温暖，带着奶酪的香甜。她知道他对他们提到吸血鬼有了兴趣。可是她在关注着枪手的微笑，这副景象挺奇怪的，她觉得也许她跟林肯并没有那么不同——她不认为恶棍就应该幸福。

接着罗比·芒特格姆瑞朝他们猛地一扭头，他们动了起来。琼跟随着包威尔太太穿过那扇门，试图在经过芒特格姆瑞的时候，不要去擦到他或是他的枪。凯琳在她后面，她感到那女孩的手离她的胳膊很近，就在她的创可贴上方，保持着非常近的距离。

他们又回到了走廊，厨房阴森森的不锈钢的光亮就在他们前方。

“听着。”罗比·芒特格姆瑞说，“你们需要去别的地方。别在这儿待着。警察正通过入口进来——但是别往那个方向走。他们还在开枪。”

“‘他们’是谁？”包威尔太太问。

“警察。”他说，说得如此轻松，“以及德斯丁。除非他死了，但他随时都做好了死的准备。如果他死了，警察就不会再开枪了。”

“德斯丁是谁？”包威尔太太问。她的声音显得有点一本正经——似乎她正在考虑是否同意这个男孩对于舞会伴侣的选择——几乎可以说是滑稽。

“德斯丁是这场秀的明星。”罗比·芒特格姆瑞说，用一种仿佛不是自己的腔调。这是一副电视新闻主播的嗓音，非常戏剧化。

琼迈出一步，离他远了些。她不喜欢他假装的声音。

包威尔太太皱了皱眉，似乎罗比·芒特格姆瑞注意到了。他再次开口时，用的是正常的口气。

“你要是看到有个人，块头大到像坦克一样，那就是德斯丁。”他说，“他给自己配的都是好装备——让步枪命中的第四级底座，黑鹰头盔，以及整个交易。你不敢染指他的任何东西。接下来马克跟我站到了一起，可是他再次甩掉了我。你们真走运，能遇上我。来吧。你们得行动起来。”

“妈咪？”林肯再次低声唤她。

“现在还不能。”琼低声回复他，如此轻柔，她甚至都听不见自己。

他放他们走。

他放他们走。

这想法如此震撼，以至于她起初回不过神来。即使她接受了，理解他说的是什么也不是那么容易的。这件事关联了三个男人，包括这个男孩，他随随便便地就把同伙的名字说出来了，仿佛这一点都不重要。他当然不应该分享这样的细节：她好奇于他是否完全理解什么在发生，发生了什么，以及将要发生什么。又或许他知道什么将要发生，所以他告诉他们同伙的名字才会显得不重要。

最后的那个想法如此尖锐，她不由得回头看。她朝纸箱里溢出来的纸杯望去，它们仿佛城堡的塔楼。她又朝如今显得太遥远的刀具看。第三个男人，德斯丁，听上去甚至不像人类。她想象着从阿诺德·施瓦辛格的电影中出现的一些怪物。怪物可不会因为老教师而犹疑摇摆。

“警察——”她开口，但显然罗比·芒特格姆瑞不想跟除了包威尔太太之外的任何人谈话，因为他打断了她，几乎不看她。

“那边。”他说，一边用来复枪指着餐厅的侧门，“你们从那边出去，回到海狮区。你们知道海狮吧？”

于是他们全都慢吞吞地朝侧门而去——凯琳打头，林肯和她在中间，包威尔太太和罗比·芒特格姆瑞在后面。那扇门现在简直就是挂在合页上——他肯定是把它强行弄开的，她也惊讶于他们居然没有听见他破坏门，尽管他们怀疑隔音门的效果。

在外边，可乐机的灯光在餐厅的模糊微光下迷幻地闪烁着。在树丛之外，依然响着枪声和吼叫。香蕉叶相互拍打着，她直冲步道走去。

“快点儿。”罗比·芒特格姆瑞喊道。琼加快了步伐。

老师与她的学生

玛格丽特·包威尔非常清楚在接下来的几分钟，她有可能死去,是被她的一个学生从背后用枪打死的。她并没有特别惊讶。

凯琳和另一个女人移步得比她快许多，走得越来越远了，可是罗比只是在她身后几步远的地方。她朝后看了他一眼，努力不要让自己的关注显得太明显。他看起来表现得像是一个越战士兵，在树丛间左右四顾，而这个举动在如今的情势下是如此荒唐。她依然不能确定他是在保护她，还是把她引向他的大屠杀，她也不确定他自己是不是知道。他很显然精神有问题，或是快要出问题，但这并没什么区别。就算希特勒也会对小狗非常友善，不是吗?

她的膝盖在微颤。有时候，坐着比站着更糟糕。

他们已经经过茅草屋很远了。依然可以听见枪声，断断续续，来自动物园的前端。罗比依然在后头跟着。她可没有指望他会离她如此之近。她放慢步伐，再次回头。这一回她没有去试图掩饰她在注意他这个事实。

“你会跟我们一起吗？”她问。

他摇了摇头，可是他正朝她走来。他很高，但他还有着某种婴儿肥。他的枪松垮垮地吊在手里，一路上一上一下地挥动，仿佛那是个金属探测器，或是别的不会杀人的东西。

她开始觉得，她对他说得越多，就越好。他听见她的话语越多，他就越必须接受她是一个真实的人。一个在队列中牵着他的手，帮他系鞋带的人。（她不记得是否做过这些事了，可是她想象着她为所有学生在不同场合做过。）

“你走得太慢了，”他说，“你必须快点儿。”

她完全停下，转回头正面看看他。

“我六十八岁了。”她说，“我膝盖不好。我能走得最快的速度就这样了。”

他们前头的那位母亲停了下来，她抱着小男孩。她的目光正越过自己的肩头往后看。玛格丽特希望那位母亲不会等下去。

“跟我一起走，罗比。”她用老师的腔调说，这对她教过的每一个孩子都是管用的。她确定她在传达这样一个信息：她喜欢他的陪伴。这一招通常来说对那些爱惹麻烦的孩子、坏孩子、其他老师会对其尖叫或送其到校长办公室的孩子是最管用的。那些孩子是最想要被关注的。跟他们表示你喜欢他们的陪伴，就是赢得他们的心的秘密。

当然了，她可不想要他的陪伴。真相是，她不喜欢他跟在她后面。她想要他在她能看到他的地方。另一个秘密：你总是给那些捣蛋鬼们离你的桌子最近的座位。

对于她教过他，她并不惊讶。她曾经无数次想过眼下这种情形的其他版本，比如暴徒把枪架在她的脖子上，要她的钱包，然后说："嘿，是你吗，包威尔太太？"她已经教过太多学生了——这么多年来，数以千计——她就在同一个城市教的他们，因此能够时不时地碰到以前的学生，在商场里，餐厅里，停车场里。所有那些八岁的孩子最后都变成西装革履的男人和穿着高跟鞋的女人。

"包威尔太太！"他们总是叫她，总是在微笑，而她从来想不起他们都是谁，因为，当然了，他们长大了，可是从他们说她名字的方式里，她知道，他们曾经是她的学生。

有时候她记得他们。有时候她甚至记得他们坐在哪里，或他们都给她什么作为圣诞礼物了。他们拥抱她，他们告诉她，自己现在是律师或医生或汽车销售员，或是自己有三个女儿，要么就是有个儿子在上大学。他们想要她知道，自己现在都过得怎样。

还有其他人，那些从不会介绍自己的人，可是她知道他们最后过得怎样了。德米特里尔斯·约翰逊是第一个将生命终结于死囚室的。他在看电视的时候与一个男孩打了起来，杀死了他；当年他在她的班里，把一个女孩的腿都踢得流血了。但他也非常擅长玩拼图玩具，这可是一项真正的天赋，那种能说明什么的天赋。还有杰克·哈里森，曾经是最乖巧的小男孩，从不给她添任何麻烦，可是他的家庭太糟糕了，他的身上有伤痕。她告诉了校长这一点，家庭暴力评估机构去走访了他们家，结果什么也没查到。几十年后，她在报纸上看到了他的脸，那是继他在卡马特停车场杀死一个女人，又偷走她的车之后。他进了死囚室。还有郝雷思·李·布洛克，是个吵闹的、坐不住的孩子。即使在那个时候就刻薄刁钻，当他熊抱她的时候，却如此深情，她不得不把他的胳膊撬开。他现在也在死囚室。

她在报纸上看见他们的名字，盯着新闻中他们认不出来的照片看。在她的记忆里，她的学生中有四名杀人犯、六名强奸犯、九个武装抢劫者。她并没有刻意去追踪这些数字，可是无论如何，数字是自己累加的。她的学生里有三个是被人谋杀的，包括一个被丈夫烧死的女孩。她记得那个女孩编着长辫子，每一个发结都小小的，辫稍有着玲珑的塑料球。那些死亡都非常可怕。她看到过太多次杀人不眨眼的恶魔造成的屠戮。她记得有个杀人犯是一个有着灰扑扑的手肘的瘦骨嶙峋的小男孩，他让她甚至都想放弃教职了，因为最糟糕的部分是这几乎让人不觉得震惊。他们在遇见她之前就踏上自己的人生道路。他们是带着愤怒与沮丧走向她的，充满信誓旦旦的言辞与暴力，他们的父母通常也是愤怒和沮丧的，也充满信誓旦旦的言辞并且举止暴力。当他们绝望而空虚地走向她，他们的父母也绝望而空虚。她看得到他们通常都会朝哪个方向而去，但束手无策。有时候她的确努力过，但仿佛是对牛弹琴。

他们走出了她的教室，他们从不回顾。他们都远去了。

可是罗比不一样。她尚不能理解，即使她依然在努力要清楚地回忆起他。他无法停止讲述。她知道这一点。可怜的小东西，他的声音如此响亮，仿佛压根就没有音量钮，因此当其他孩子窃窃私语，她却每次总是能发现他在说话。他有社交尴尬，却算是守纪律的。她想起一个大块头男孩，会被其他孩子的笑话逗得大笑不已，每次她叮嘱他小点声，他都会说“是啊夫-伍-人”。她认为，他是一个遵守规则的人。不，不是一个遵守规则的人——他是一个能给别人带来欢乐的人。结果是一样的，但理由各不相同。

她感觉到了他赶上她的那一刻：他的身体散发出温暖的气息，闻上去有一股淡淡的洋葱味道。

"我们为什么必须那么匆匆忙忙的？"她轻柔地问他，她记起他是怎样请求去帮她整理公告牌的，但她想不起来任何一场她和他之间的对话。

"马克，"他说，"部分是因为他。他正在过来。"

"他是你的朋友吗？"

"是的。"

"如果他是你的朋友，"她小心翼翼地说，"你可不可以跟他说不要朝我们开枪？"

她面朝前方，不看他，而他花了好长一段时间才回答。他们从舒展的橡树下方经过，黑暗里有一块令人读不懂的满是箭头的指示牌，可是她知道他们正跟随着动物园出口的标记。

"他有他自己的主意。"他最终说，然后他举起了枪。她正打算要尖叫，好给其他人以警告，可是他继续举着枪，朝树顶开了几枪。她觉得耳朵似乎要震裂了。她摸了摸耳朵，感觉到了血。

当他大吼时，她几乎听不到他的声音。

"待在我能看到你的地方！"他用力喊。她意识到凯琳和那女人以及小男孩在道路的一个弯曲处附近消失了。而他们不再消失——他们就是雕像。

"别停下。"罗比对着他们吼，语气比刚才更加挫败，"你们不能停，可是要保持近距离。”

他的枪再次指向地面。其他人开始走动，频频后顾。她可以感觉到脆弱的膝盖中的阵阵刺痛。

“你最好让他们走快点。”她说。

他没有回答。当她看到他的手朝她伸过来时，她都僵住了，可是接下来他只是把手放在了她的肘部，指引她向前，非常温柔。他并没有在伤害她。

“我们都走快点。”他说。

很明显他想要让她住嘴，可是她发现他想要什么还真的不那么重要。她不再那么害怕他可能对她做的事了：死亡并不像她曾经想象的那么吓人。如果她就站在这里，想象有着金色街道的天堂，或是她幻想跟父母来一场泪水盈盈的重逢，还更有意义些。她可想再度见到父母了，无论以什么形态，实体或是灵魂或是天使。可是她并没有在想上述任何内容。

终其一生，她都被告知有上帝的存在。这当然是真的。她一直都在试图提醒自己这一点。她一直都在跟上帝说话。可是，在柜台的边缘割入她背部的那一刻，她看着来复枪黑洞洞的枪口的那一刻，她可没有想起上帝来：她想的是女儿已经长大了，并且很清楚地表明不再需要来自她的帮助，而她自己的父母已去世，前夫续娶了一个她年轻也比她丰满的女人，没有什么是她必须去做的事。她并不渴望死亡，因此死亡这念头也就并不令她恐慌。

她蹒跚而行，问："你今天杀过人吗？"

他耸耸肩。这是她能想象到的最青少年的回答。

"你是说你不确定？"

他再次耸肩。她跟他在一起的时间越长，越能看出表象之下的那个三年级小孩。

"你为此抱歉吗？"她问。

他躲入一根树枝下。

"不，夫－五－人。"

那么，为什么。她想要问，你难道不会杀我吗？如果杀人对你来说如此轻松？

他们经过了标志非洲小径的木质拱廊下方，而现在他们已经完全走出了非洲区。他的手依然松松地放在她的肘部。虽然她印象中的他是个话匣子，但他眼下却没有说太多。也许邪恶已经改变了他。也许那个三年级的孩子已经再也不会回来了。

凯琳和女孩再次消失在了道路的一个弯曲处，这一次，他没有朝她们吼。因此只有她和罗比，正当她已经不再指望他会继续说话，他却再度开腔了。

"你知道当你戳破水泡的感觉？"他说。他把她的肘部捏紧了。“就是那种感觉。你难道不习惯这种对于戳破东西的惬意？也像丘疹。水泡和肿起来的东西就不应该存在。你心里有什么是想要去弄破它们的。也许这应该告诉你一些事。因为你也许会认为自己无坚不摧，可是我们的皮肤那么软，一根最微小的刺就会让我们生脓，感染。我觉得我们都知道这一点。你知道的吧？我们胡编乱造。所有我们认为如此重要的事——其实就那么回事。没有什么是真实的。也许，也许吧，戳破泡泡还更好。你没有这么想过吗？让你自己被耗干还会让你情况好转？因为吧，否则，我们就会成为胀大的水泡，滴出脓和血。可是我们假装我们就像该死的独角兽——请原谅——独角兽或是仙灵或是其他什么，就好像我们漂亮而有魔法，可是我们就是一堆废物。”

他粗重地呼吸着。玛格丽特不能确定这是他因为自己的独白而感到尴尬还是仅仅是缺氧。她绊到了一块不平的水泥，几乎崴了脚踝。

她想了又想，但就是想不出一个有帮助的回答。她不想鼓励这种把人说成是脓包的谈话。她转动着手腕上的镯子——Kate Spade 牌的，她在打折的时候花了二十美元买的。

“你觉得这里面没有任何事是真实的？”她问。

“我觉得我们一生都在做蠢事，并且相信蠢事。”他更加平静地说。

她意识到，他是在试图说服她。他是在阐述他的论点。

“那么你杀人是因为你觉得这样他们的情况能好转？”她问。

“我不知道我是不是杀死了他们。这不是他们会不会好转的事。这不是说我就是拯救灵魂的耶稣之类的。可是他们的情况不会再糟下去了。我们都不能更糟。”

她咽了一口唾沫，心里头酸溜溜的。一开始她就是对的：他精神有问题，他让她走快点，快到都要打趔趄了。她再也不能听见音乐，可是那些从动物园的前部传来的声音正在变得越来越响亮——人声，男人的喧闹，许许多多的男人，某种金属物的撞击声。

“你还会把橘子当午餐吗？”他问。

她如此惊讶，以至于没去想怎么回答。

“有时候会吧。”她说。

“你削掉皮，你不吃皮。”他说。

她真的不知道他是怎么记得这个的。

“是的。”她说。

他停下来，刷去鞋底的什么东西。她真的不愿意去想什么样的东西可能会粘在他的鞋底上。

“你有没有学会怎么用斧子？”

她回想往事。他说的是当年，她的院子里在六个月内相继倒下了两棵树，她想要把树都砍成短段。荒唐的是，庭院设计师居然要对砍伐收费。在第二棵树倒下后，她就买了把斧子，决定学习如何砍树。她班上所有的小男孩都非常认同她这个想法。

“不。”她说，“我在斧柄上割裂了手。最后不得不付钱让人家来砍。”

“我以前想象你穿着连体工作服在你的院子里，”他说，“拿着你的斧子。然后你就去前廊攀岩，喝柠檬水。你家有前廊吗？”

“没有。我只是在屋子的后面有个平台。”

“你住在乡下？”

“不。”

“我总是想住到乡下去。”

“住乡下？”

“是啊，在那儿，你可以在树林里散步。”

一道光一闪而过，让她从眼前盯着看的水泥路面抬起头来。她可以透过枝条看见湖面全都被点亮了。前方几步远便是穿行而过的铁轨，凯琳和那女人还有她的小男孩都站在那儿。

罗比放开她，朝湖那边挥手。

“我要回去了。”他说，“去海狮和禽类区附近。找到一个藏身的地方。直到一切结束。”

他已经转身走了，而她尚未回过神来意识到他的离开。因为某种原因，她记起了不知道多少年前的一个瞬间，那时候罗比肯定不在她班上，她要给大家上一堂关于植物的根的科学课，当时，她在讲述苔藓。她在公园里发现了大块大块的苔藓，就把一些苔藓在班上分发，讲述它们为什么没有真正的根，可是孩子们不想听她讲根。他们想要把苔藓放在头上假装那是头发，他们把脸贴上去，要体会一下在森林里枕着苔藓睡觉是什么感觉，而她干脆放弃了讲课，就看着他们拿着苔藓玩。

“跟我们来吧。”她对他说。

他停下了，嘴微张开，而他依然背对着她。

“为什么？”他问。

如果她够诚实，她会告诉他，是因为他带着枪。如果他们撞见他的朋友们，枪会派上点用场。还有，如果她够诚实，她会告诉他，她确保可以拯救他。她感觉到内心里激荡着的冲动，那冲动就像无用的软骨刮擦骨头那般尖锐。她能看见它演绎到最后会是什么样：带上他，让他举起手，把他交给警察，在他入狱后去探望他，给他带上自己做的派，如果允许的话。她会写信给他，问他喜欢巧克力还是椰子口味的。她可以拯救他，以及他们所有人。很难不去想象将来的报纸标题，说的是她如何说服他放下武器，当其他所有人想要接近他都失败后，她如何抵达了他的内心。

他还在注视着她，在等待着。她不得不拼凑起所有这些关于第二次机会和派以及苔藓的想法。

“我们可以告诉他们——警察——你是如何帮助我们的。”她说，“我们可以告诉他们——”

他对她微笑；在黑暗中，她可以看见他的露出的牙。

“不用了，包威尔太太。”他打断她。

“什么不用了？”

“你不必告诉他们任何事。”他说，像平时一样的大声。她每个字都听得非常清楚。

他走上小山，甚至都没有回一下头。他消失了。

下午7点49分

云层再度厚重起来，阻住了月光。池塘在琼的面前延亘，她可以看见篱笆上挂着的装饰物，甚至是篱笆在水中倒影的波动。一只多彩的海怪在池塘中央眨着眼，她可以看到湖边其他被灯点亮的形象。当然了，在水面的远处，是从动物园入口处传来的喧嚣。

如果她转头，她可以看到那位老师和罗比·芒特格姆瑞在那边，彼此和睦，她几乎是喘着气要努力待着不动。没有时间待着不动了。她需要移动——她需要带上林肯离开枪口，离开罗比·芒特格姆瑞。当她在移动，她就不必去想如此多，当她只要强行驱使自己向前，即使因此而肌肉酸痛，一切都会要简单得多。

她也需要让自己不停移动。因为那些就在她前面几码远，铁轨另外一边的水泥地上的东西。她小心地不去看。

还有，撇开她急于要把这段路走完不谈，在铁轨旁，她又被迫停下，犹疑不决。罗比·芒特格姆瑞跟他们说过不要离开他的视线。他威胁过他们。她转身往右，一小丛树木遮住了通往火烈鸟区和海狮区的路。树影如此诱人。她思量要跑，利用上这个好机会，可是她的思量并没有持续多久，因为怀里的林肯让她觉得有些吃力，而她知道罗比·芒特格姆瑞或是他的子弹能够立刻就逮住他们。

同时她还想到了德斯丁，管他是谁。她想象他满身武装，揣着自己的鬼点子四处走动的情形。

“她在那里做什么？”凯琳悄声问。她离琼如此之近，以至于头发都拂到了琼的肩膀上。她的手不由得放在了琼的肘部。

“浪费时间呗。”琼回答。但她立刻感到一阵内疚，因为她其实一直认为那位老师是在迷惑、哄骗那杀手，甚至是让他感到愧疚，所以他才帮助他们，可是现在那两个人聚在一起的景象让她动摇了。

她往左边迈了一步，从水面转身，而凯琳依然紧跟着她。她没有推开这女孩，而是揽住她的肩，带领着她，部分是因为她知道这女孩需要安慰，部分是因为她需要让女孩和林肯不去注意铁轨附近的地面上都有什么。

最终，包威尔太太走完了下山的剩下一部分路程。显然她的腿出了毛病——她在颤抖。即使她的脚步声也是尴尬的，颠簸不平的。

“他走了。”老师到他们跟前的时候说，“他说我们得藏起来。”

琼在她身后看了一眼。“他真的走了？”她问。

“他不会跟我们一起的。”这位老师说。

琼决定对此不予评论。她不能再承受在没必要的套路上花费时间、言语或思绪。“你确定他没有在躲藏？”琼问，“你看见他回到山上去了？”

“我确定。”老师说。

“那么，来吧。”琼说。她的一只脚踏在了铁轨上。她决定了要直面铁轨。枕木均匀地分布着。如此美丽地重复着。没有什么是出其不意的。她可以永远地跟随它们。

包威尔太太一只手放在琼的肩上，放得稳稳地。

“他说去海狮区那边。”这位老师说，一边稍稍把琼拉回来一些。

琼所有挫败的举动，所有的难堪与愤怒，甚至她所有的气急败坏，随着这位老师虚弱的移步，一股脑儿迸发了出来。

“我才不会去他说的地方！”琼厉声说。她挣扎着要控制住自己的声音，“别犯傻了。我们去相反的方向，我们得离他和其他人越远越好。”

“但为什么不去海狮区呢？”包威尔太太说，“也许他知道些什么。如果他想要我们死，早就下手了。我了解这个男孩——我认为他——”

“你并不了解他。”她告诉那老师。

“我记得——”

“你并没有听见他和他朋友在一起的时候是怎么说的。”琼打断她，“你并没有看见他是如何表现的。他觉得无聊了。这不过是一场游戏。也许他只是暂时放开我们，然后再次找到我们，无非是让事情变得更有趣。我跟你保证，他才不担心我们的死活呢。”

她把林肯抱紧了些，再次集中注意力在铁轨上。光滑的钢轨让她想起铁匠和工具，以及任何强大而不肯弯折的东西。银色的石块——那么大，都不应该叫作砾石——在她脚底下滚动。它们看起来就像汉塞尔在树林里丢落的石块。

然后凯琳就在说话了，跟其他人在一起的问题之一便在于此：有人总是在说话。有人总是在把事件搅浑。琼不得不再次停下。她只不过沿着铁轨走了三根枕木的间隔距离，只迈了几步而已。

“为什么不去找警察？”凯琳说，但她依然跟随着琼。她抓着她的裙子。

枪声说明了为什么他们不会去找警察，可是，琼却转身朝着动物园的前方而去，即使她跟自己发过誓，不会再往这个方向看一眼。她越过池水看过去，追光灯打在海怪身上，让这东西闪着微光。水上起了一道橙色的波浪，接着一道红色的跟了过来。

她垂下眼——这不可避免——她忍不住看着水泥地上的人形。它们开始变得都不能称之为人形了，而她不能别开脸去。她的一只手扶住林肯的头，他的前额牢牢地抵住了她的脸颊。她不能让他看见。可是她看到了全部：躺在地面上的两具尸体的每一处线条，每一道弧度。从某种程度上来说，纪念它们是正义的。她欠它们一个纪念，或许她也欠上帝一个纪念。

她看见了死去的那个女孩高跟凉鞋的鞋底。女孩趴在地上，超短裙裹在大腿上，裙子是亮橙色，有着黑色的蕾丝。男孩倒在她身上，双臂张开，盖住了她大部分身体，很显然他以为他能救她，很显然那是他最后的想法。地上的血比琼预想的还要多，在两具尸体周围喷涌、泼溅，聚集成摊。她知道那是血，因为它们闪着暗光，仿若池塘。

有一次，她哥哥告诉她，他在经历医疗训练时，指导员会切掉山羊的腿，他的工作就是把一只没腿的山羊在它流血而亡之前，从假想的战场运往医疗站。他的工作就是不要让山羊立刻死，因为山羊肯定会死，但他只是必须让它们的血流得慢一些。他说，在你捣鼓止血带期间，血会在你的双脚边聚集成摊。

男孩的手放在女孩的头上，似乎想要去拂她的头发。他的嘴张开着。

终于，琼迫使自己别开脸去，即使她永不可能不去看他们——这很公平——她盯着横在面前的池塘看，池塘闪着微光，对岸是长长的人造板做的入口建筑和单调而过时的售票处，但后者已经变得认不出来了。

但是各种各样的探照灯把入口照得令人有了一种安心感，一切都是朦胧的，既因为距离，也因为烟火。可能是出自警灯，红光与蓝光在烟雾中闪烁。她可以看到鹦鹉的栖息木在黑烟之上熊熊燃烧，看起来像是某种抽象的设计。一切都是抽象的。在双开铁门附近——已经被摇开了？——她可以看到一连串黑色的身影，她很确定那是警察，因为他们有太多人了。他们一定是那种你可以把这种事交给其处理的那种警察。

她看到那栋建筑附近的一阵移动，也许是门在打开。警察们有动静，一些人往前移动，黑压压的一大片。

全是烟，全是嘈杂，全是剪影。她听着枪声，再次看向地上的尸体。

“去你们想去的任何地方吧。”她对凯琳和老师说。

她开始跑动，一边确保她的脚落在厚木板上，一步接一步，一边加速，试图避让任何松散的砾石。她熟悉这种境况——她永远都在这么做——她把林肯抱上来了一些，拉了拉他的脚踝，好让他可以更紧地抓住她，而他也一定是习惯了这个姿势了，因为他全然地遵守她的指示，不发一言。她的肩膀几近麻木——如果她的胳膊朝后动，而不是朝前，一阵锐痛就会穿透整个肩膀——可是她的身体却挺得直直的。

显然，她移动得足够快，好躲避凯琳的紧抓。可是她可以听见其他人中的一个或是两个都在她身后，岩石们在蹲伏。她用脚趾勾住凉鞋。鞋底的嗒嗒声对她而言开始变得非常响亮，她希望鞋底不要散架。

这里就是她没有解释给大家的，因为她已经经历了浪费的时间，而他们想什么并不重要：铁轨将带着他们去往动物园地面的外缘，即使罗比·芒特格姆瑞只是在玩弄他们，准备要再次寻捕他们，即使德斯丁全身穿着金属护甲在他们后面追逐，一旦他们接近了外部的篱笆，他们就有可能找到一条翻越出去的路。也许有更多的警察在等待——并没有置身于枪战现场的警察。又或许，最糟糕的场景，外面有成片成片的树林，如果她可以在黑暗中找到一个藏身处，她和林肯就会没事，直到警察看管起所有的枪手。

一列白色的光圈环环相扣，光圈之下是一根根柱子，沿着铁轨排列。一块块的黑暗，并着一道道不可避免的光。走上安全的几步，便又曝光在灯下。眼下，她是无法避开灯光的：铁轨的右边被池塘包围了，它跟池塘之间隔着一道粗糙的篱栏，因为一切都如此虚假的天然——左侧有一条小溪，溪水急匆匆潺潺地流着。

“我们在铁轨上了。”林肯宣布，他几乎要让她失去平衡了，因为他挣扎着要翻过她的胳膊往下看。“我要被车轧过去了。”

他的声音让她紧张。这是一种多余的扰攘——属于他们的一份多余的让人追踪的多余的轨迹。此刻，有两个问题一直在她脑中重复：他们会看见我们吗？他们会听见我们说话吗？

她不会再让任何人找到他们。

“把你的胳膊搂住我的脖子。”她小声说，上气不接下气，“火车夜晚是不会开到这里来的。”

他接受了，胳膊按照她的吩咐摆出了她想要的姿势。他的小脑袋随着她的步伐在她肩上一颠一颠。

她听见自己的脚步，以及她身后的脚步。她花了一段时间才意识到她其实什么也没听到。枪声停息了。夜晚很安静，但是这沉寂并没有让她觉得心安。

猜不到的与等不来的

这安静可真好。罗比一直在等待它。

他想象着德斯丁，即使在他的头脑中，德斯丁也是强大的，不能被容纳进任何框架。他的胳膊像是大力水手的，压根就没有手腕。他想象德斯丁骑在他的马上——他的马！——他想起有一次德斯丁带着他骑马翻山回去，可是罗比只是假装喜欢这趟骑行。骑马的念头比实际的行为要好多了。他想起德斯丁的肱二头肌上的毒蜥蜴的刺青，又邪又酷，以及有一次德斯丁是如何把罗比喊作良好的合作伙伴。德斯丁从来不会把马克喊作什么。

树篱间有蟋蟀或是什么虫儿在鸣唱，当罗比经过，它们也变得安静了。很好。

有一场游戏竞赛节目，是让纸板小人爬一座山，就像罗比爬这座小山，如果那个愚蠢的选手漏掉了一个问题，纸板小人就会翻落，消失不见。罗比只是缓慢而沉重地走，越走越高，从不知道什么时候他会从板子上被弹落。

左，左，右，左。

他可以听到马克在前方的什么地方步子很重地走过人行道，经过了非洲记号牌的某处。他几乎肯定这是马克——警察应该是从动物园的前部过来。他侧身看过去，觉得自己可以看见他们正穿过烟火，朝着湖而来。

罗比再次面朝前方。他想要赶紧，可是做不到，因为他只是一个纸板小人。

接着马克出现在他前方，正在冲刺。他的胳膊仿佛在飞舞，而他的身形也太碍事了。他看到罗比了，但几乎并没有慢下来。他们撞到了一起，肩碰肩。马克像一个乒乓球一样弹开了。

“我觉得他们杀了德斯丁。”马克说，他依然在山下跑，“我觉得，他们一定是这么做了。”

“是啊。”罗比一边说，一边看着马克离他远去。一只蟑螂爬过他脚边，蟑螂，是啊，那家伙真是高效到令人毛骨悚然。

“你知道他们正在过来！”马克说。

他已经停下了，意识到了罗比并没有跟过来。

“我知道。”罗比说。他很骄傲：有生以来，终于有一回，马克比他大声了。马克才是需要噤声的那个人。

“你在干什么？”马克问。

罗比不确定。他对任何事都不确定，而这并不是最糟糕的感觉。一切都比之前暧昧不明。他被纸巾卷起，像是他在斯泰特试读一学期时母亲寄给他的那袋果仁糖，要么他就是像哈丁用红棕色的苔藓包裹起来去埋葬的死去的小鸟。包威尔太太部分让他变回了他自己，而他现在进退不得。他在那个储藏柜里看到了她，立刻便认出了她，因为十四年来，她一点都没变，除了发色淡了些。他无法相信她没有用她从前喊出他名字的方式跟他打招呼，像在他跟随人群去午餐室时那样。接着他便以为她认不出他了，可是他忍不住说出了她的名字。

“罗比！”马克吼道，“来啊！”

他正要立刻动起来。他知道马克吓坏了。可是首先他不得不把包威尔太太送往某个她可以离开他独自行动的地方。指望她会理解，会看到他在这里有所成就就太过分了。她不会明白实际上他才是考虑事情的人。她看不到这一点。但她也许知道，也许这才是她之所以请他和她在一起的原因。也许，到头来，他终于在她那里获得了理解，也许她会在事后想起他。她会记住他。

她给过他一个橘子。在那个时候，她给过他一个橘子。

那时候，是他吗？

好多年了，他没有去想这件事，但是当他看到她，他几乎可以尝到橘子的味道。他坐得离她的桌子很近。当时他们正在做某种工作表，他忽然在空气中闻到了水果的味道。当时，他总是很饿，无论母亲给他吃了多少东西。他站起身，试着想出一个去她桌边的理由。他看着她把一个橘子掰成一个个弧形，她抬起头，告诉他她那天早上没有机会吃早饭。我喜欢橘子，他说。我喜欢它们闻起来的气味。

她没有让他回座位，而是笑了，拿出一瓣橘子，他剥掉橘皮，一口就把果肉咬掉了。其他人都没有得到橘子瓣儿，只有他。

他不能杀她，那也许是行得通的，可是他也不可以去杀她面前的人。即使在他短暂地挥动过那把挂在墙上，仿佛天生就是用来砍穿门框的斧子后，那一部分就像是电影。可是他不能杀他们，因此他就认不清现实了，他总是那样。他怎么可以对他想要的如此确定，对计划如此清晰，却去做恰恰是错的事情，而意识不到自己的行为？

他意识到，只有他不会在意那么多。他专心致志。

“我要走了。”马克说。他说这话的时候，还带着那愚蠢的自负。“我可不会白白站在这里等着他们来找到我。”

“德斯丁死了。”罗比说。即使这很可能还是个疑问。

“你知道他死了。”马克吼道。

罗比让自己跑动起来。真相是，当最后的一刻到来时，他可不想一个人。但他们最后在哪里一点都不重要。警察会找到他们的。

他感到自己一直都在这座小山跑上跑下,永远不停地跑着。

又一只蟑螂的壳——这一只爬得没有那么快——在他脚下碎掉了。

德斯丁会用他的赤脚狠狠踩死蟑螂。

德斯丁说对毒葛最好的疗愈就是用剃刀削掉最上层的皮肤，然后把漂白剂倒上去。罗比看他这么做过一回。当德斯丁倾倒漂白剂的时候，是微笑着的。

也许这一生结束之后，人还会遇上点什么，因为似乎那样的一个人不可能会消失无踪。

如果他有更多时间，他可以从德斯丁那里学会更多事。他们十个月前才遇到他，如果网上的相遇也算的话。当时，罗比和马克在争论最好的丛林武器是什么。他觉得如果你的人都是神枪手，那么 M14 是最佳选择，要么也许是 Stoner，无论是半自动还是全自动的。马克认为是 AK-103。他们争论不下，便去 Google 以解决这个问题。他们点击浏览了一些留言板，开始认识到人们在那里什么都谈论，从家制手榴弹到如何做鹿肉罐头。过了好一会儿，他们追看一个帖子，是关于被拯救的家庭的。这个家庭在怀俄明荒野被困三天之后被一名副警长救了。这个帖子下面有人评论说如果不带日志链以及紧绳夹，你就别开车去任何地方。他俩当时压根不知道这到底是什么意思。

于是他们就请教了这个评论者，此人就是德斯丁，他回答了他们的疑问。德斯丁无所不知，比如印花大手帕可以被如何用作滤纸、手铐和止血带，以及你如何在双肩之间保留一把备用手枪，以防万一有人让你把手别在脑后。很多事情，罗比一直都被无所不知的人所震撼。他们发现德斯丁没住在这个城市，而是离这里大概三十英里远。在往来了许许多多通电邮之后，有一天，他们跟他见面，一起喝啤酒。

他们谈论了许多话题，之后他们又经历了这样的啤酒会。他们很幸运，太幸运了，一个这么神通的人想要跟他们一起玩。接下来，有一天，德斯丁问：你们想永生吗？

马克说：想啊。

德斯丁说，我知道该怎么办。

他跟他们说了科伦比枪击案[①]是如何改变了与警察相关的一切的。在那两个家伙血洗校园之前，如果警察接到电话报案，

---

① 科伦比校园枪击事件是1999年4月20日在美国科罗拉多州杰弗逊郡科伦比中学(Columbine High School)发生的校园枪击事件。两名青少年学生——埃里克·哈里斯(Eric Harris)和迪伦·克莱伯德(Dylan Klebold)配备枪械和爆炸物进入校园，枪杀15人，并造成24人受伤，两人接着自杀身亡。

说有人在公共场所持枪，他们顶多猜想这是人质劫持事件，会等待特种武器和战术小组出现，与匪徒协商。可是科伦比事件改写了规则：警察意识到了枪手是有可能射杀任何人，或是所有人的，他们迅速而断然地杀人，毫无顾忌。因此警察们不会再等待合适时机进入案发现场内部：他们有了一个新的模板。无论最后来了一个警察还是二十个警察，都会立刻冲进去。他们会直奔枪手而去，尽快一枪令其毙命，你很有可能会因此而钦佩他们，如果你根本不知道他们本来是怎样的人渣。警察不得不将这个新模板充分演练，因为在科伦比案之后，枪击案不断发生。当然了，疯子们也会有新的模板去遵循。

德斯丁喜欢“模板”这个词。

德斯丁说：模板很危险。模板教会你不要思考。罗比，历史不会重复。每一秒都是新事物。

德斯丁说：如果你是看见真相的人，你就必须去试着教育他人。你给人们展示他们有多么受限，也许他们会试着越过那些界限。

罗比喜欢这个概念。他想要给其他人展示他们是多么受限。

他们计划出了这一切。罗比和马克会悄悄进入动物园，藏起武器，不让任何人有理由注意到他们。德斯丁会单独进来，从一开始就以枪示人，扮演偏执狂的角色。他是一个优秀的演员。他会立刻杀掉几个人，然后开启一场抓取人质的表演并将其赶入前台（谈判办公室）。罗比和马克会待在入口处大门的背后，那么即使如果有人成功从这里出去，他们也看不到他俩。德斯丁会让警察相信他们是跟随写好的剧本而演出的，可实际上，却有完全不同的其他剧本存在。

罗比和马克负责实际上的剧本。当德斯丁将“人质劫持事件”的表演到底，把所有的警察引开时，罗比和马克会到处巡猎。他们会把整个动物园当作游戏场。他们想杀谁就杀谁，想怎么杀就怎么杀。没有规则。没有界限。

到头来，警察们会看到他们自己是如何被愚弄的。他们会明白他们其实都无所事事，袖手让屠杀发生。每一个在电脑前和电视前的人都会看见警察是如何胆怯的。整个世界也会意识到，在歹徒面前，有时候警察也成了胆小鬼。他们把自己的人生过得就像可怜的哑巴动物，从不为自己着想，而德斯丁和罗比和马克给了他们一瞬间的拯救。一瞬间的天才。这可是用来形容有人有一种其他人以前从来没有过的远见的最好的词儿。

德斯丁对每一秒都是新事物的说法是对的，因为罗比就在这儿，他知道时候到了，但他依然难以让自己相信。他还在这里，而德斯丁不见了。计划就是如此，但在此刻，它似乎有些不同。

硝烟弥漫，仿佛雾气一般。罗比可以闻到。

防弹衣不是用来救德斯丁的，这是当然。它不过是让这事儿延续得更长一些。德斯丁说过，任何事都值得让任何事物牺牲，只需要看看耶稣好了。只需要看看伽利略和林肯。是的，罗比想。是的。其余皆安好。德斯丁讲述着表象与现实，他只说一个单一的切入点以及出口和周长。罗比对来龙去脉才不在意那么多呢。被选中是何等的荣耀！德斯丁无所不知，马克是他最好的朋友，当然。但结局出卖了他。

他将终结这件事。这样一来，他终于能够做对一件事。哪怕他并不完美，他将终结这件事。

他想知道，死将是怎样的；他想知道，此刻，对德斯丁来说，死是怎样的。他知道人们谈论天使或是黄金铺就的大街，母亲曾经说她想要死得像是睡着一样，在床上，暖融融的，只有她最爱的那些人紧贴着她，背对背，就像他还是个婴儿时，和她睡在一起那样。他好奇于她是否想起了芒刺一般的父亲，或者说，她是否想要他离开她的天堂。罗比可不想要任何人在自己身旁，他不想要感到温暖、被爱或是内心充满亮光，以及诸如此类的胡说八道。他不想感觉到任何事。他希望死就像躺在浴缸里，除了鼻子，你身体的其余部分都浸在水下，你听不见，也看不见，你甚至都不能告诉自己，你还有身体的存在。

他希望下一步随之而来的是虚无。那是最美丽的东西。

会有人想念他的。当他去便利店柜台时，总会记起他名字的那个老人。可是感谢罗比的混账老板，他将再也看不到他。售酒店收银台的那位女士总是对他微笑。他祖母没有其他的孙辈，因此对他关爱有加。还有马克，可是马克不能够想念他了，因为他也会死。还有母亲，在很久很久，仿佛上辈子之前，星期六早晨，当父亲还在沉睡中，她会带他去买甜甜圈，吃完甜甜圈后，他们会到这儿，到动物园来。她总是想要看鸟，即使鸟是最无趣的东西，而她从不能区分海狮与海象。

海象。她会说。

海狮。每一次，他都要纠正。

最好不要去想她。

马克在说话，他们正在铁轨上，马克一直在哇啦哇啦地嚷嚷他们应该跟着该死的铁轨走，翻出去，随便落到那条街上——樱桃街？茱萸街？

其实都不重要。没什么是重要的，这真令人欣慰。因为除却马克妄想的逃跑计划，美丽的结局已经近了，它会找到他们，无论他们去往哪里。罗比需要做的全部就是保持枪在手中。他需要做的全部就是扮演好自己的角色。

下午 7 点 53 分

一块边缘尖利的石头滑入了琼的凉鞋，她短暂地失去了正常的节奏。池塘现在已在他们身后了，她左侧的小溪旁，出现了一丛茂密的竹林，以至于她再也看不到水面了。

凯琳在她身后几英尺远。包威尔太太在那女孩身后足足隔了有十英尺。显然那老师是在挣扎着走，在她喊出“别管我，你们继续”之前便如此了。

琼放慢步伐。她也并没有比那老师快太多，因为林肯的重量拉扯着她的每一块肌肉。

“你做得很好了。”她往回喊。

她不太确定她说这话是因为想要鼓励老师，还是因为想避免更加漫长无尽的谈话。

而老师已经是在慢步走了，凯琳跳着跳着也停了。琼也只好停下。

“我做不到。”老师说，“我的膝盖不肯合作了。我要在这附近找个地方待着，等事情有个结果。”

琼点点头，转过身。

“我们不能就这么丢下你。”凯琳说，她没有挪动。

这就是问题了。她们没有时间来深思熟虑，来客套，她们也没有时间来说话。她们都会死的——难道她们没有领会这一点吗？

琼领会了，领会得非常透彻。她会离开她们。她的确是在考虑她的选择。她已经继续往前走了好几步，想方设法不要回顾看其他人是不是跟着。突然她听到一声枪响。在长达数秒——几分钟？——的安静之后，这声音让她跳了起来。她的头顶上方的高处，一盏白灯爆裂了，她的第一个荒唐的想法居然是灯泡爆了。可是接下来她就把这声音和碎玻璃联系在了一起，加上她听到木屑迸开，头顶上方一根桃金娘的枝条垂了下来。

罗比·芒特格姆瑞只不过是在耍她们。

要么就是杀人机器德斯丁在追捕她们。

眼下，细节真的不是特别要紧。

又一声木头爆裂声，成千上万片叶子在她们周身飞舞。她朝后看。终于有一度，谢天谢地，她们谁都不想说话——她们此刻都知道子弹的声音，她们都继续跑了起来，即使是牙关紧咬的包威尔太太。这位老师脸上的每一道纹路里都含着痛苦，而大家对此束手无策。琼试图往后看向凯琳和老师背后更远的地方，可是铁轨蜿蜒盘曲，她看不到太远。

没有更多子弹跟来了。她觉得她能听见脚步声。

还有二三十步远，她们就可以到儿童游戏区了。这里有巨大的石块和绳索桥。她们还会经过美杜莎在醒着的时候留下的青蛙和乌龟雕像。我是乌龟。我是乌龟。林肯上厕所的时候会这么说，让马桶座成为他的甲壳。要么他就会在褥子下扭来扭去，或是背上一只枕头说，我是乌龟。

琼跑得更快了。她气喘吁吁，肺里非常难受。老师勉强跟着。现在她们经过了游戏场，迎面而来的是溅水池，池中的喷泉依然在空中喷出好看的水花。

旋转木马依然还在，动物们在其上昂首阔步。

即使她自己的呼吸声如此粗重，琼依然能够听到那老师每迈一步便发出咕哝声。她再次往后看，丝毫看不见枪手的迹象。可是，依然有遥远的沙砾（there is the far-off grind of gravel）。她不认为这只是她的想象。

“离开轨道。”她回头朝后面的老师喊，“到旋转木马后边去，卧倒。”

“什么？”老师问。

“去吧，包威尔太太！”她嘘声道，因为她想不起来这女人的名字，“待在旋转木马后边就可以，他们看不见你的。”

没有时间去解释了——她看不见任何人，这多么好啊，可见芒特格姆瑞或是他的朋友或是那台杀人机器也看不到她们。可是她能听见他们的脚步，那么也许那些人也可以被声音所指引，他们会一直沿着铁轨走，而她其实对这位老师有亏欠，不是吗？同样，这样也会让事情简化——阻碍她的人又会少一个了。包威尔太太已经从铁轨上下来了，一瘸一拐地，最终消失在一排排木制的马和长颈鹿以及羚羊之后。

这老师走了。

凯琳还跟在她身后。琼拐过一个弯，再也看不到旋转木马了。铁轨又拐弯了，此时，她已经离动物园里她所熟悉的一切都很远了，进入了另一个世界。在这个世界里，你只能看见火车，而她也听不到身后的人，不过她并不确定。

有一次，火车司机说过，如果你给老虎剃毛，你会发现，它们的皮肤也是带条纹的。

周围如同被护佑般，黑黢黢的。不是她在童年的露营之旅时遭遇的乡野间的彻底的黑暗，而是城市里的暗——虽然黑，但尚能视物。她们已经在展区的背面了。有更多的竹林，无论斑马和鸵鸟会做什么，她们也被竹子挡住，看不到。周围的树林也非常茂密，树上偶尔会看到一个被点亮的装饰物——发光的幽灵、一串闪烁的黑蝙蝠、一个大笑的骷髅。

没有必要再挨着铁轨走了。树林里净是阴影和月光，他们可以躲入树丛中。

“你觉得他们——？”她听到凯琳开口，但女孩接下来的话被风声吞没了。

琼单脚跳下轨道，重重地落地，凉鞋在碎石块间扭歪了，可是她站稳了，穿过杂草、松果和腐烂的木头走了出去。干叶子贴在她的小腿肚上。她看不见脚到底踩到哪儿了。

正前方，比她预期的更近，她可以看见动物园的外部围篱。看不太清，最引人注目的只有链索。可能有六英尺高，脱下鞋，她可以轻松地爬上去。然而琼听到凯琳在她身后停下了，她往篱笆跑近了些，一只手指抵上去，不确定篱笆是不是通了电——她其实应该把林肯放下，可是没时间了。她小心翼翼地碰着篱笆，而这冒险终于有了回报。没有任何危险。

她们可以做到。

她将把林肯推上篱笆，帮他把脚插入篱笆的间隙，手牢牢抓稳，她会继他之后爬上去，可以一只手抓牢，一只手拖着，帮他爬得更高。这个过程可能会很慢，但她们可以做到。

然后她看见了。在篱笆的底部，在外侧，有一道起码五英尺深的壕沟。她看不到沟底。带着林肯，她没法通过，就算她能成功帮他翻过篱笆也不行。她关于能带他一起攀爬的幻想有着很深的缺陷，哪怕有凯琳帮忙。他们太容易被人用枪击中，毫无设防地就死在篱笆上。

她转过身，朝相反的方向跑，背对铁轨，往动物们奔去。

她跳过一段枯木，一边嘟哝着，她再也不会这么干了，不会再在身上带着另外四十磅的重量。地面上有着许多不可期的小坑，当林肯的下巴颠到她的肩膀上，他哭了出来。圆木散得到处都是，死去的树木化成了护根，树叶则依然密而深，出现了越来越多挂着的亮蝙蝠。她看见他们左侧长颈鹿的剪影，就在篱笆的内侧，肯定有八英尺高。

她感到凯琳的手又一次揪着她的裙子了，把裙子布拉得紧紧地。她能听到这女孩的呼吸。她没有再听到枪声了，那对包威尔太太来说是个好兆头。但却有别的声音：眼下，她和凯琳深陷在树叶堆里，她们的脚步又脆弱，又缭乱，她可以分辨出别人的鞋子在石头上的碾压。要是她可以听见那些男人，他们也极有可能可以听见她。

如果她慢下来，她的脚步就会轻柔些。但要是她慢下来，他们就会更快抓住她。

“他们就在后面。”她转过头，气喘吁吁地对凯琳说。

那女孩放开了她的裙子。接着，凯琳不发一言，冲到了她左边，朝着长颈鹿选取了一个角度。这女孩是在尝试不同的方向，主意不错，因为如果她们在一起，就会成为一个更大的目标。数字里头压根没有任何安全。实际上，她想过要除掉凯琳，难道不是吗？那老师和凯琳带来的麻烦要比好处更多。

如果只有她和林肯就简单多了，也安全多了。

于是，琼对于她和凯琳之间的距离变大了这件事儿，不发一言。她依然可以辨认出那女孩扭动的身形，突然她的脚踩空了——也许她的凉鞋最终还是断了，坏掉的鞋让她绊住了，又或许在她坠落的时候鞋子的带子折断了，她从不知道——可是，有好长一阵，她感到坠落、恐慌，感到林肯从她的怀抱中滑出去，听到她自己的高声尖叫。她用一只胳膊紧紧地搂住他，甚至她还扭动身体，以防到头来把他压着了。别摔着他别摔着他别摔着他，自始至终，她都在想。无论如何，她总算把身体扭转了足够多的幅度，当她撞到地面后，林肯是半趴在她的背上。但她的肘部被撞得太狠，撞击让她的手松开了，无论她怎样叮嘱自己，他还是飞了出去。她看着他坠落，他的头弹在了落叶堆上。

她的左肩和肘部已经完全触到了地面，手被弯曲着压在身子的一侧——她的牙齿深深咬住了嘴唇。她舔掉血。她朝儿子够过去，想让胳膊动弹，而胳膊虽然还能听她使唤，手却不能了。

他没有哭。这吓坏了她。在黑暗中，她看不到他的脸，只看到他的轮廓。可是接下来，他动了，挣扎着让自己起来，有那么一会儿，他弓着背，好像一只乌龟。

“林肯。”她轻唤。

“我们摔下来了。”他说。

“你还好吗？”她问，一边朝他爬去，用那只尚好的胳膊，将他朝自己环过来。

“我还好。”他说，一边伸出一只手，去碰她。“你的脸湿了。”

她一边擦去自己嘴边的血迹，一边倾听。

有人声。

不是太近，但也足够近了。

她右脚的鞋子不见了，像凯琳一样，消失了。她的膝盖在流血，她的手还无力地垂着，尽管没怎么受伤。她是不是可能把手腕给扭了？

如果她的手不管用了，就无法抱着他了。

她听见身后，树木之间，有一些其他的东西。一根枝条在动。松针和树叶们在响。都是很小的动静，也许只不过是风。有可能是一只松鼠。

她努力要站起，当那只受伤的膝盖感觉到自己的体重后，她忍不住喘了一口粗气，然而总算站直了。地面很冷，也不是很坚固。她扭动了会儿脚趾头，考虑要不要踢掉左脚的鞋，但地上尖锐的东西太多了，她觉得最好要保护好一只脚。她朝林肯走去，打起精神。她的膝盖依然打着弯儿，她几乎要再次跌倒。

她身后的声音变了，不再是沙沙声。是脚步声，迟缓而小心翼翼。

那些男人过来了。她无从知晓他们到底是在她之后十步还是几百步，而这里依然看不到警察的踪影。她的膝盖快撑不住她的重量了，手腕也不听使唤，她不能走快。她那只赤着的脚底总会踩上尖锐的东西。

他们会死的，她觉得，而她因为这个想法而憎恶自己。

不，她不是动物。除了打还是逃，她考虑的还有更多。她牵起林肯的手，悄声告诉他，带枪的人正在过来，而他正和她一起逃跑，但他太大声了，在穿行的时候把叶子都弄得簌簌响，而且太慢了。他们做不到啊。

他们跑不过杀手。

脚步声，脚步声。

她又一次听到了溪流声，在附近的某处，水流激荡着岩石，水花四溅。林肯踩空了一脚，差点跌倒，她抓起他的一只手把他拎起，带着他摇摇晃晃地向前，让他能走得轻松点，而她自己的步子却丝毫不敢怠慢。

她抬头看，琢磨着这些树。他们可以爬上去——这里的橡树很多，有几棵有着伸展的枝丫，直冲广袤的夜空生长着。但如果她错了，如果他们被发现，那就无处可逃了。她也不确定她是否能把他抬起来，她也没时间去想，只能是抬起他——抬起他。她想着这件事，想要把他放到某个安全的地方。

不是这些树。她突然转了个弯，依然保持着他们的势头，一边研究起周围的景致：全都是阴影和月光，以及偶尔遇到的悬挂着的装饰物。前方有一丛灌木，和她的肩膀一样高，茎叶茂盛。她把他领向那儿。她用一只手在枝条间摸索着，感受一下荆棘是否刺人，然后抬起低处的枝条，在其下方开出一方空间。

“待在这儿。”她对他说。她的那只受伤的手轻推他的背，导引着他。“趴下，爬进去。一点声音都不要发出。别喊我。别说话。我会很快就回来，但如果你出声了，他们就会杀了你。”

他呜咽着，尽管他已经在爬了。她不想给他任何机会去跟她争辩，她也不想给自己任何机会去考虑她的所作所为。

“让你自己消失吧。”她说。她已经站直了，一边继续不舍地把手放在他头上片刻，然后让枝条垂下——她珍贵的孩子啊。他的身体被遮挡得很好，除了脚。于是她把手伸下去，轻轻地把他的脚推入枝条中。

然后她开始慢跑，几乎是一瘸一拐地在跑，让她感觉自己好像恐怖片里惨兮兮的女主角。她忍住疼，让步子迈得更大些，也更快些。她已经感觉不到膝盖的存在了，有一只水球般大的蜘蛛挂在一棵树上，蜘蛛肚子里还亮着灯泡。它的脚都软趴趴地垂着，表情莫测，似乎是在垂着红色的尖牙微笑。

她觉得林肯会乖乖待在那里，因为她吩咐他这么做，也因为周围一片漆黑，而他不知道自己在哪儿。他不是个喜欢没事到处走的孩子，尤其是在他紧张的时候。他会待在那里。可是声音——这是另一个问题了。她不相信他会一直安安静静的。

她的每一次跑动都像是要把脚压垮。落叶在她脚下飞溅成尘。她抓住经过的一根树枝，一下子折为两半。她怀疑自己听上去更像大象，而不是女人。当她觉得她已经离开林肯有好长一段距离了之后，她哭了出来。短促的一声“啊！”让她以为这声音会传开去。她大口喘息，悠长而响亮。她紧握住受伤的那只手，抵住肚子。她重重地跺脚，尽可能迅速地移动，因为尽管她想要吸引他们的注意力，但并不想死。

她能听见那些男人跟着她，不疾不徐。他们自己发出了足够多的动静。她感到一阵冲动，混合着心满意足、嗜血，还有恐惧。

她正在经过大象的栖息地。左边是一栋外观难以描述的多层建筑，外墙上有“大型动物研究中心”的字样。银沟和铁皮屋顶在月光下闪闪发光。她奋力向前，树叶和小树枝拍打着她的皮肤。她经过了一长串南瓜灯。她的膝盖在抽动，她想起了那位老师，想起了她的单脚跳，她想象着老师在旋转木马后会是安全的。她想起凯琳的手拽住她，她想念那女孩的温暖，她甚至不会再介意凯琳无心的唠叨。那女孩的头发太可爱了，就像在飘动的红丝带。

如果林肯看到闪着的灯，而他好奇了——他会动起来吗？或许一只小虫爬到他附近，而他要躲开它？又或许他想象他能听见她的声音？她在理清思绪，而恐慌席卷了她，于是她跑得更快了。她想起了垃圾箱，坚固又安全，她想起了他还是小婴儿的时候是多么好带，吃东西和睡觉都很规矩，但时不时地，仿佛被施了咒语，他会无休无止地号哭，而她束手无策。她想起那种疯狂的挫败感，让她不由得想象——如此短暂——如果我把他关在壁橱里，就留他在那儿呢？如果垃圾桶里的婴儿的母亲当时感到了无边无际的恐惧和乏累，还有挫败，于是就在轻微的一瞬，她把婴儿放下，然后才自己跑开呢？琼难道不能理解那种行为吗？

是的，她能。

可是如果那些男人正在接近，就像他们现在这样呢？如果那位母亲放下婴儿后，是要尝试把枪手们引开？如果那样呢？琼可以看见那个女人在跑，头发拂过脸庞，怀抱空空。

她对那女人并不公平。

她脚下的地面有一块挺有弹性。是因为那些落叶、腐草还有松针，她猜，而接下来，用她那只穿着鞋子的脚，她踩上了某种不同的东西，某种让她喉头发紧的东西。那东西又软，又实在——这种感觉绝对错不了，是血肉。她抽回脚，然后意识到，不管这是什么，它小到肯定不是人类。她往下瞧，在微暗里她看见一片翅膀的三角形尖尖，以及一个圆圆的小脑袋。

一只鸟。一只死鸟。

他们有一本图书馆借来的书，是关于古希腊人和他们的运动的。林肯跟她说过，那时候的曲棍球竞技打的是死鸟，当有队伍获胜后，鸟就会复活，飞走。

林肯。她强迫自己的脚再度迈起来。

她能听见风的吟唱。

有一次，当她舅舅开车带她去乡下，她意识到转向灯发出的滴答的节奏和她刚刚学会的一首绕口令完全吻合——rubber baby buggy bumpers/rubber baby buggy bumpers——闪光警示灯每回都唱着这个节奏，如此清楚，如此明显，警示灯喊出了这些词儿，而此刻，风声的鸣响在摇荡出林肯的名字，她脚下的叶子也是——林肯，林肯，林——肯。

她已经成功了。此刻，那些男人离林肯已经相当远了——可是她还没有考虑这个部分呢：她怎样除掉他们？她不能把他们带回林肯那里。她甚至都不确定他们是否还继续跟着她。实际上，她听不见他们了，她关注到的只有自己的脚步和喘息。她停下了。

什么也没有。什么也没有，唯有树叶和风在吟唱。

她没有久留。也许她弄丢了那些人，也许他们依然还在追踪她。不管怎样，她已经与林肯相隔有太长距离。她需要设法回到他那儿去，而如果她看到那几个男人的任何迹象，她都会立刻改变方向。

在躲避树干和荆棘时很难去做计划。导引自己走正确的方向非常困难——她该往哪条路走？树与树都长得一样。然而接下来，在肩膀蹭到一棵巨松的鳞状树皮时，她听见了溪流声。她偏离方向太厉害，以至于不知道哪条路通往外篱，哪条路能带她找到林肯，但她知道小溪能把她带往正确的方向。水声有助于掩盖她的脚步声，当她发现了那只挂在树上的蜘蛛，她知道他就在附近了。

在树林的这一片区域，黑暗比方才更浓了。她都辨认不出地面了。她放慢了步子，因为脚踝实在疼得厉害。

她意识到，她已经不能感觉到胳膊的存在了，从肩到手之间仿佛什么都没有，本来她应该为此而焦虑，但在此刻，这简直是神佑。她继续跟随着水声，在一团浓黑中，她差点踩到溪水里。她轻轻地侧滑入落叶中，眯眼俯瞰着溪水——这条溪充其量只算得上是森林地被中的一条沟而已，她可以毫不费力、没有任何闪失地跃过去。

撇开小溪的狭窄不谈，溪岸有几英尺高，还挺陡峭。她没法估量溪水有多深。看上去只是黑漆漆、亮闪闪的一片。她觉得自己看见了下游或是上游远处的一座人行桥，她完全不清楚谁会在那儿利用上这么一座桥，但它却是通往林肯的一条路。那么，又来了，她还需要跨过小溪吗？林肯是在水流的这一侧还是那一边？她挠了挠额头，被自己搞得抓狂，因为她需要她所有的敏锐，所有的聚精会神。

她再次听见了脚步声朝树林过来，即使她如此肯定他们已经跟丢了她。她能听见他们过来，她又想起了她父亲——他的手如此巨大——将鸽子的头颅一个个拧断。

林肯，林肯，林肯。他们的脚步踩在落叶上，和她的一样，也唱出了他的名字。

接着，她看见了他们，两个正在移动的影子。他们比她预期的更近。她没有时间去看罗比·芒特格姆瑞是否在其中。相反，她赶紧趴下。

很快，他们的靴子就会像踩死一只鸟那样碾压她。她把手掌平摊在地面上，用力一推，自己滚落到溪岸边。她调整了一下角度，好让双脚先滑入水中，让自己慢下来。

她悄无声息地潜入了水中。

刺骨的冰冷让她一时难以呼吸，她赶紧闭上眼，因为一旦弄丢了隐形眼镜，她就什么也看不见了。可是她擦了擦眼睛，眨巴一下睁开了，一旦在溪水中稳住后，她就辨明了自己所处的位置。如果她站定，水流估计还不到她的膝盖，可是她伸展身体，几如水平，差不多是没入水中。她看不到溪岸。阴影且暗且安全。她小心地把手移入水中，河床在她的手指间翻动，她已经是在用她的手在走了，像海豹，她的身体朝后漂着。

她猜如果那些人看见了她，一定会有子弹向她袭来。

冷水让她的感觉越发敏锐。她能意识到自己留在河底的每一个掌印、每一方擦过膝盖的岩石、每一股袭向脸颊的水流，这些都让她越发接近那座桥。她想过，如果她不死，那么她真是做得太棒了，而她自己未必会在乎她表现出来的英勇。她可以像这样回到林肯身边——漂游，无声无息。她只需要让那几个人经过她，然后她就可以顺游而下，找到林肯。

几秒钟后，她到达了桥边，然后她忽然翻转，倒进入凹洞中（alcove）。她的头擦过木板的底部。她没有变得更暖和，于是她用双臂抱住膝盖。有某种柔软的团块状物——水草？——擦过她的胳膊，她不喜欢这种看不见水面之下的状态，但这也意味着那些人同样会看不见水下的任何东西。

除了水流的冲刷，其余皆寂寂无声。她往下蹲了一点儿，在水中比暴露在空气中还暖和些。桥是拱形的，她透过木头与水面之间的半圆往外瞧。

他们来了：她看见溪岸上有两双脚。她看不到他们的膝盖以上的部分，因为桥挡住了她的视线。一双脚跳过了小溪，大幅度轻松的一跃，一只脚先落到对岸，接着是另一只。她很开心他要么是没有注意到桥，要么就是觉得懒得从桥上走。她等着另一双脚也跳过去，但那双脚动也没动。

跳啊，她想，跳吧。

但第二个人没有跨过溪流。反倒是第一个人从水面上跃了回来——是岸上的这个人叫他回来吗？第一个人迈向第二个人，似乎他们要开始说话。

她不认为他们如果发现了她，还会站在那儿不动。除非这依然是关于游戏寻猎的。除非他们是在试着要让流水把她给逼出来。她又往深处滑下去了一点，转了下头，好让脸颊浸在水下。这回她可以更好地看清楚他们两个。他们把脸别开，其中一个身形壮大，穿着罗比·芒特格姆瑞穿的宽大的夹克衫。另一个个子小些，削肩。她猜那该是罗比的朋友。

于是这就是此刻的阵仗了，她想，他们三个。

在别的地方，有包威尔太太、凯琳、林肯，以及那个全副武装的无脸怪物。她猜应该还有警察。在别的地方，还有垃圾桶里尖叫的婴儿和失踪的母亲。琼想念她的儿子，还有他成堆的塑料小人儿，有时你希望那些小人在哪儿，它们还就偏偏不在那里。有时候，托尔掉在了沙发垫子后，钢铁侠成了你的节目的明星。有时候，小丑的一只胳膊被掰断了，于是你把毒藤女作为你的坏蛋。你重新分配角色，你重新思考。

那两个人也许就二十几英尺远。她突然想起她把钱包落在哪儿了。她开始担心自己的低体温来。她想起舅舅给她讲的故事，他十几岁的时候，和最好的朋友拉里开车经过田纳西河上的桥时，一个女人从相反的方向过来，转入了他们的车道。他们的汽车冲向了桥上的护栏，两个男孩都被甩出了挡风板，直接甩到了河里。你们穿透玻璃的时候疼吗？她问过他。你们的头撞到水面上的时候疼吗？你们碰到了河底吗？她舅舅无法回答她所有的问题。当第一次刹车时，他的头砸到了仪表盘，完全记不得任何事了，直到他从水里走到岸上来，而鞋子也不见了。是你在游泳的时候把鞋子踢掉了吗？还是你在空中飞出去的时候，鞋子也甩掉了？她被他将会告诉她的事儿给迷住了——他脚趾间挂着黏液的感觉，驾驶另一辆车的女人有着白头发的事实——但那都是他没有告诉她，而是她自己想象出来的。她想象她自己就在现场，她看见了他记不得的所有事。

你救了拉里吗？她会问他，你们喊救命了吗？

我躺在那儿，他会告诉她，我只是躺在烂泥里，呆呆看着。

她的思绪又飘开了。她的脑子发怔。她的脚也发木，木到她开始介意以后还能不能站立，还能不能走路。如果她走不了路了，她对林肯就没什么帮助了。

那些人依旧只是站在那儿。

不。他们在犹疑，在分开。瘦的那一个已经要从溪水边离开了，芒特格姆瑞抓住了他的胳膊。可是那个小个子挣脱了。黑暗中，有一些别的不是那么清晰的动静在发生，接着，她便看不见那个小个子了。

罗比独自站了一会儿，她打算利用这机会朝下游去，可是接下来她就看见有其他人过来。一双腿脚谨慎地移动着，琼认出了那双细瘦的腿和紧身牛仔裤，接着便是那头厚厚的头发。

她看见了凯琳注意到罗比就在她面前的那一刻——这女孩的身体整个儿僵住了。她还看见了凯琳注意到另一名枪手也在那儿的那一刻——那女孩旋转了四分之一圈。她怀抱里端着什么东西。

琼听不见他们说的任何话。如果她往桥下再退后一点，她会看不见任何事。

也许那样更好。

她往水中又沉入了一些。

河边的凯琳

那只动物压坠松针，猛冲到凯琳跟前的地面上时，她几乎是尖叫起来。当那个小东西僵住不动，前爪伸在空中，她认出来了。这是一只土拨鼠。她的确没有想过这一带居然还有野生的土拨鼠。可是在爱畜动物园，有一整个土拨鼠家庭呢，她猜枪手们捣毁了那座建筑，就像他们对其他房屋做的一样，那么可能绵羊、山羊和矮种马一直都在四散奔跑。现在这只土拨鼠正在朝她爬过来，她呆立不动，任由它用肘轻推她的腿。她从没看见儿童喂养区的动物们做什么，它们只是一味地畏缩在围栏的后墙壁上，因为爱畜动物园的所有动物们都讨厌人类的孩子。

也许这一只精神上受到创伤了。也许它想要一些安慰。

她缓缓蹲下身，用手去够它。你应该忍住不去抚摸你的狗，直到它过来你身边，她觉得有时小孩子也跟狗狗一样，这只土拨鼠也一样。她恰到好处地抓住了它，小心翼翼，这小东西就像被捡起来了似的。当她在树丛间艰难地挺进，这东西偎依在她近旁，小爪子抓住了她的头发。她的小妹妹也是这样，受到惊吓的时候，就会紧紧地靠着她。凯琳往前迈了几步——有好一阵，她都没有在跑了。跑是没有意义的。她不知道此刻身在何处，也不知道该去哪里。

这不是真的。她应该做的是寻找林肯和他母亲。五分钟前她看见他们从篱笆上掉落时，就应该停止奔跑了，可是她不能停步，而当她最终可以控制自己的行动时，她已经是孑然一人了。他们很有可能现在已经死了——林肯有着那么好看的头发，他还对她微笑过——如果她当时没有把他们带入那个储藏室里，他们就不会死。她以为她做了一件好事。当时，她跟自己说，她是在帮助别人，但也许根本就不是那样。也许她只不过是不想独自一个人待着。凯琳的小妹妹曾经乞求她不要去自己的房间，因为小妹有时会在午夜感到害怕，她喜欢偎依，就像这只土拨鼠，但凯琳也不确定小妹的偎依是否就是她会留下来的理由。她如何能知道她是为了自己还是为了妹妹？因为其中之一使她成仁成圣，其中一个使她非常自私，如果她是自私的，那她很有可能已经杀死了那个男孩和他的母亲。

她抚摩着土拨鼠的脑袋。

她看见前方有一盏灯，起初她以为自己找到了回到动物园主区域的路，然而接下来她便意识到那盏灯来自树丛中间一片宽大的形状。当她来到一个足够容纳十人的军用帐篷前，她放慢了脚步。帐篷旁边是一辆破损的吉普。帐篷里面亮着灯，她可以看见三个人围坐着的侧影。她吓坏了，好一阵之后才意识到那不过是几个人偶。是万圣节的又一个展示品而已。

她往后退，轻轻掉转方向，离开了灯光。

她希望她能有更多的动物饼干。也许是奥利奥或是阿摩司曲奇。她憎恨自己嘴里的感觉。父亲会因为她想起曲奇而笑她——她知道他会的。她想起了和妹妹独自在家的时光，她正在倒一杯茶，突然听到书房里有一个响亮的声音，然后是一阵令人毛骨悚然的大笑。她和妹妹跑去卫生间，从里面反锁。凯琳意识到她忘记了手机，一旦她们想要打给警察，这玩意儿是必须，因此她一点点儿打开卫生间的门，就开了个小缝儿。她的正前方有一个男人——那一瞬间，她尖叫起来，然后才认出是父亲。父亲则笑个不停。

他喜欢对她们恶作剧，她觉得这是因为这么做提醒了他自己还是个小孩子的时光，是在他穿起西装，硬着头皮开完教师大会，弄干净猫的呕吐物之前的时光。他是一个牧师的儿子，在十六岁之前，弄坏过两次汽车。他故意往窗户上扔棒球。有一次，他在一个下午抓住了二十三只猫，全部系住它们的尾巴，吊在屋顶上。

一个惹事精。他就是这么喊从前的他的。其他孩子都被他吓坏了。成年人也对他退避三舍。

人们说她是一个善良的女孩。她的大多数功课的成绩不是A就是B，几乎没有得过C。她把钱存在银行里。但是现在她希望自己是那种放火烧东西的女孩，而不是对自己的工作还要检查核对的乖乖女。她希望她知道如何吓唬人。她希望她是昨天上的班，而不是今天，她希望她带了妈妈叮嘱她带的胡椒粉防身喷雾，她希望她有一颗杏仁牛奶巧克力，她希望此刻她是在家里的床上，枕着蓬松的枕头，她希望她抓过了那个小男孩林肯，带他跑，救了他，她希望她是一个电子游戏中的女人，臀部和胸前都绑着手枪。她希望父亲还能够抱起她，抱着她走，而她现在已经太重了。

土拨鼠在她怀里颤抖着，她听到的每一个声音对她而言都像是脚步声。她停下，仔细倾听，认定她不过是听到了树叶的沙沙。

他父亲是那种应该会变成精神病人的男人——精神病人，人们就是那么说的，不是吗？你虐待动物，那就意味着你将来会是一个连环杀手？但是，他成了她的父亲，他一点都不刻薄凶残。她看见过他因为电视广告而流泪。

她听见正前方有水流声，她又一次觉得听见了脚步声。她半蹲着走近，看是否可以看到什么东西穿过树林。

她看见了小溪，并且觉得听到了人声。但她停止了倾听后，却没再听到别的了。她走到一棵树后，一边等待，一边观察。她似乎站了好长一段时间，然后抚摩着土拨鼠，小心翼翼地走着，直到来到水流的边缘，正当她想着是否要跨过这片水域，接着——她的老师曾经告诉她，她有着无法集中的毛病，就是有时候她会分心——接下来，她抬头看，盯向了罗比。

“嘿。”她说，仿佛她正把书收入学校的柜子旁，而他来到了她身边，仿佛他不是带着枪站在那儿，肩上没有挎着子弹串。她因为跟他打了招呼而窘迫，同时也觉得搞得这么尴尬真的很白痴，但她不能收回啊。

随后，她感到有人在身后，当她转过身，看到了另一个男人。

他比罗比矮小，如果他就是早先进入餐厅的那个人，那么当时他的块头看上去要比现在大一些。此刻她看着他，觉得他并没有比自己更强壮，是那种她可以扭住其胳膊摔个大马趴的男孩。可是他每只手里都有枪，一支大，一支小。他对她咧嘴笑，那是个友好的笑容，却让她觉得嘴唇更加发干了。

“你是在交朋友？”他问。他显然是在对罗比说。

罗比没说什么。他一个字儿都没说。

凯琳掉转了一下角度，好让自己把他们两个都留意上。她退后两步，转身，以至于别掉到水里去。她把土拨鼠抱得太紧，它在她怀里蠕动着。她希望他们不要伤害这个小东西。她退上第三步，第四步。一根树枝在她脚下折断了，她跳了起来。

他们只是看着她。树丛将阴影投射在他们脸上，阴影如此厚重，她看不清他们的表情。

“临行前的最后一杯？”她不认识的那个人说。起初她感到欣慰，因为他把枪扔到了地上。接着他们迅速朝她而来，她甚至都没来得及抬手，就被那人拧转。她的背抵着那人坚硬如金属的胸。

“你的大逃亡如何了？”罗比说。她目不转睛地看着他。她不会把目光别开。她不知道为什么，但这似乎非常重要。

“她甚至顶着一头雏鸟儿毛似的头发！”抓住她的那个人说，“你难道没有好奇自己是否可以只用手，就拧断某人的脖子？我堂兄说那场景只能发生在电影里，毕竟我们的脖子上有太多肌肉。但我不认为这妞儿脖子上有多少肌肉。”

因为被人钳制着，凯琳看不见说话的人。他攥着她的头发，揪起她的辫子，把她的头往后扯，大力扯，她觉得有些头发被扯掉了，头皮刺疼。他继续拉拽，直到她的脸对着树皱成一团，仿佛喉咙都开始向后弯折。她依然直愣愣地盯着罗比。

她想要说点什么勇敢的话。她想要吐唾沫到抓住她的人脸上，或是咬他，或是告诉他，就那点小身板，柴火棍一般的胳膊，他休想对她怎么样。可是她无法说话，因为他现在把手指卡住了她的脖子，正在往下按压，她觉得他会在那儿留下瘀青。

她看着罗比。他手里依然握着枪。从他脸上，她什么也看不出来。

“救命。”她试着说。

“我告诉过你去海狮那边的。”罗比说，要么就是她认为他说了这话。

凯琳的脚乱踢，她觉得她踢中了那个小个子的小腿，但这似乎并不打紧。

云层在树上拂过。她的两只手都反扣住那人的手腕，指甲抠入他的皮肤。土拨鼠已经从她身上掉落了。

她想起了父亲。她想起他把猫甩到屋顶上。他说他像扔铁饼一样抛掷这些猫，在把猫脱手，看着它们滑行过空气时，他觉得满意非常。

她的指甲下方有别人的皮肤，手指上有别人的血。那人冲着她耳朵咆哮，她此刻能感觉到的全部就是这人抱住了她。实际上，他现在是在掰她的头，用两只手，他的一只手指已经抠入了她的一只耳朵上的某处柔软的区域。她大口喘息。真疼。

罗比说了些什么。

“差不多了。”她耳旁的那个声音说。气息喷了过来。

有人在喊叫。她听得不是很清楚，她甚至不确定这声音是不是真实的，可是扼住她脖子的手放松了。她摔下来的时候用手撑住了身子。树叶粘在了她流血的手指上。

当她终于能够长长地呼出一口气，那听起来都不像是人类在呼吸。

她在落叶间找寻着那只土拨鼠，但是没看见。然后她抬头看罗比，他依然站在那儿。她对他，比对那个差点让她身首分家的人更生气。

罗比的目光看过她。凯琳回头，她的呼吸声依然非常可怕。她看见一个女人正如同沼泽怪物般趟过小溪。

“罗比·芒特格姆瑞！”那女人喊出这些话，就一声。或许她已经说了很多次，只不过这是凯琳的耳朵能正常工作之后听到的第一声。

那是林肯的母亲，她全身都湿透了。她没带着林肯在身边。

这让凯琳恐慌。

土拨鼠就在凯琳脚边。她捞起它，它的身体还是热的。每个人都在移动，土拨鼠也在扭动，除了她。

林肯的母亲正在从水中爬出。

那个差点让凯琳窒息的男人现在朝着他扔枪的地方大跨步走去。

罗比对那人抬起自己的枪。

“包威尔让我告诉你——”林肯的母亲开口了。她已经离他们如此之近，凯琳可以听见水珠滴在落叶上的声音。

那个凶残的小个子手上已经握着手枪了，但他拿倒了，他一边在手里调整着枪的方向，一边朝那女人转过身去。罗比把枪往上拉，好让它冲着天，但他却丝毫没松手。凯琳觉得自己的喉咙里肯定有什么东西已经碎掉了。

“包威尔太太说，她想跟你谈谈。”这母亲说，“包威尔太太说她想再跟你谈一次。”

凯琳突然想到，林肯的母亲是在试图挡在她前面。这女人在缓缓地侧身贴近。此刻，她头发上的水已经溅到了凯琳的鞋面上和腿上。

罗比·芒特格姆瑞盯着她们俩。

“没关系。”他说，一边把枪垂下一些，对着她们。凯琳却想，好吧，其实很有关系，差不多三秒后，凶巴巴的小个子把手枪上膛了，她又想起了父亲和他的猫。

她把土拨鼠扔出去。

她的目标不太好——她没有击中小个子或是罗比。可是土拨鼠擦过小个子的脸，他吓得往后一缩，失去了平衡，跌坐在草丛中。罗比·芒特格姆瑞俯视着他的朋友。接下来凯琳看不清任何东西，因为林肯的母亲已经朝她倾身过来。她的气息沉实，湿漉漉的，她比她看上去要更强壮。她正在往上抱凯琳，拖拽她，在她耳边尖叫，把她推挤到小溪的岸边，推入水中。

凯琳首先是脸先浸到河面，喝了几大口水。到那时，枪声才大作。

下午8点05分

琼听见了子弹，但没有感觉到。枪击与枪击之间是有间隔的，而她一直低着头，下巴擦过水面，手脚都插在淤泥与水藻中。她想知道罗比·芒特格姆瑞和另一人会不会清楚地看见她们。她几乎看不见自己在水下的手，因此确定，那些人不会比她自己看得更清楚，这也解释了为何她到现在还没有死。

她感到一颗石子抠入了她的大腿，一阵刺痛。凯琳看上去很难受的样子，也许是在呕吐，但这女孩也在朝着桥爬行，用的力道不比琼推向她使出的力小。

现在，她们都在桥下了。不安全，但比刚才安全，起码这几秒钟是。枪声已经停止了。

“继续向前。”她对凯琳低语，而这两双脚正在经过桥底，因为，显而易见，除了这座桥，她和凯琳还能去哪儿？

她又一次把这女孩向后推，接下来她们就走出了桥底，倒退着快步走。有那么一阵，木板完全挡住了她的视线，让她看不见那两个人。过了会儿她看见了他们俩头部的模糊轮廓，他们没在移动。他俩之间在拉锯——其中一个在试着把另一个拉往不同方向？如果他们是在争论，倒并没有持续太久，因为很快他们就跃过小溪，一头扎进对岸的树林里。

她发现自己仍在对罗比·芒特格姆瑞是否开枪了而感到好奇——当她从水中出来，柔弱无依的时候，那会儿，他并没有杀她——但已经没时间去考虑这事了。

“还不错。”她对凯琳说。凯琳方才趔趄了一下，摔在水里，出来的时候水花四溅。琼用胳膊扶住了凯琳的背，抬了抬她，再擦去她脸上流下的水。女孩的头发吃水后变得很沉，而脖子在刚才受伤后也变得脆弱而敏感，但她们都不能停，于是她继续推着凯琳向前。

这会儿，凯琳看清了罗比和另一个人是在朝树丛深处而去了。但她不相信，她什么也信不过。

她的腿在一抽一抽的，她开始好奇伤害她的可能不只是一块石头。她的注意力集中于溪水的冰冷与手上的黏液。她心心念念地想着林肯第一次来到湖边时，如何狐疑地盯着水面，问她，美国有河马么？世界上没有任何东西像他的小身体那样令她想念。

她和凯琳此刻已距离桥有好一段距离了。她们在黑水中艰难跋涉。琼几乎没法辨别那两个枪手：他们已经变成了非常模糊的影子。正当她手脚并用，加速前行时，其中一个人朝小溪抡起了胳膊，接着有人甩出一颗小石子，弹过水面。

琼立刻就知道不对劲了，是声音不对劲——一块石子击中了水面，弹跳了三四次。在水花的泼溅声过后片刻，她听到了空气中依次响起的四声爆裂。接着一个人大声咕哝着跪了下去。

那时，她明白了。

子弹不仅击中了水面，也击中了地面，震起落叶——不是像她在电影里看到的那种火焰风暴般的子弹，而是一连串非线性的射击，更像她记忆中的猎鸽过程中的枪击——一声爆裂，然后她父亲重新上膛，接着又是一声爆裂。

她往枪手那边看去，现在她认出来了，跪下去的那个是罗比·芒特格姆瑞。她能认出他宽阔的肩线和他外套的摆动。另一个人在跑。

有人击中了枪手。

有萤火虫在飞，一定是被枪火赶出来的。它们在树丛间闪耀。罗比·芒特格姆瑞往前扑，肘部贴地，接着就不再动弹了。她再也不能把他认作一个人——他成了尘土中的一团黑影。一堆落叶。一根木头。

另一个还在跑。

琼朝溪的对岸转过头。此刻，最终，她能看到警察来了。有两组，以三角形移动：一人打头，两侧的身后各有一人，这阵势让她想起鹅，只不过三人组的后面还有一个人。

第三组人也穿过树林而来，拯救者们从四处而来，只是他们才初步组成团队，聚集成阵势，以至于他们看上去就是一团举起的手臂和武器，包围着中间。他们的脚步放得很轻。他们的角度很奇特。他们全都沉默不语。子弹依然在飞——她能听见，一声接一声，空气中的一声呼啸，从枪炮的爆裂中分离出来的一响——只不过，变得更加大声了。有更多的枪。更多的子弹从她头顶上方飞驰而过，落在离她几英尺远的地方。自从第一阵枪火之后，没有更多子弹击中水面了，但子弹依然很近很近。

她潜入水中，足够深。

跑着的另外一名枪手在喊叫，但她听不清他在嚷什么。

萤火虫有节奏地闪着，分外明亮。

她设法让自己的手脚协调，向后退，离开这里，但她受伤的手腕失灵了，她猛地一沉。这一回是凯琳把她拖了上来。有一丛水草缠住了她的胳膊——不，是这女孩的手指环住了她的手腕，用她自己做的绷带帮她包扎。琼的鼻孔里喷出了水花。

走，走，走，她对自己说。

他们不会告诉你，情况是这个样子的。

他们不会告诉你，你不能分清好人与坏人，不会告诉你，喧嚣如此浓重，让你耳聋目盲，因为你忍不住闭上眼睛；他们不会告诉你，声音和动作从四面八方而来，令你根本不知道该向何方而去。

她不确定为什么会有这么多的烟。

其中一个人——是好人？——快到溪边来了，只有几步远，看起来非常高。他就是三角形的尖端，他连走带跑，又快又灵活。他离得如此之近，她可以分辨出他戴着一种像是耳罩之类的东西，但她看不清他的脸——她想要看清他的脸。她不想跳起来吓唬他，因为在黑暗中，她不过是又一个身形罢了，谁知道他受惊之后会做出什么举动呢？

他举起枪，实际上，在他拉动扳机时，她看到了火光一闪。她以前都不知道人们是可以看见子弹离开枪体的。

她意识到，其实并没有萤火虫。

她看到那个刚才在跑动的枪手也摔倒了，但他还在开枪。他爬到一棵松树后方，从她这个角度，他几乎不可见了。

走啊。她提醒自己。

她前方的空气中有一股气流。那时，她感到一阵热，这热也升高了她脸旁边空气的温度。

林肯可能正在树丛间走来走去，她想，万一他直愣愣地走到了现在这个场景中，或是走入其他开枪的人群中呢？只有上帝才知道这里有多少警察从天而降，而且显然当他们最终决定要开展拯救大行动，他们并没有无所事事——林肯将不会知道子弹声意味着什么。他不会知道任何事，他们会瞬间杀死他。当然了，在这片烟雾与人体的涌动中，他那么小，那么难以被发现。

她脚边附近的水中又溅起一团水花。她此刻一团忙乱，虽然依然保持很低的位置，却开始加速了。凯琳就在她旁边。琼告诉自己，如果枪火停止，她会喊救命，她会相信，警察们能听出一个女人的声音，不会对她开枪。可是枪火没有停止。她和凯琳只关心各自四肢的运动，像独木舟中的桨一般移动——入水，出水——她忽略掉寒冷，忽略掉她整个的身体、抓不稳的手腕和麻木的双脚以及所有的虚弱与不牢靠。当她回顾，她看不清任何人形。也许警察已经追踪枪手进入了树林。如今只看到树，听到的只有渐弱的子弹声。

她们在水中待了一小会儿——她觉得她们跋涉了似乎有好几英里，但她想象应该没到一百码。

“我们要走出这里。”她对凯琳低语。她第一次突然想到，女孩到目前为止还没说过话。“你还好吗？”

“林肯在哪里？”当她们一身沉重地爬上满是淤泥的岸边，女孩突然说。

琼失去了平衡，不得不稳住自己。

“我把他藏在了一个安静的地方。我们必须找到他。子弹不饶人。”她说，喘个不停。

她站直了，她的裙子贴在腿上，索性裙子还是完好的。凯琳也在挣扎着站直。琼用一只手臂帮女孩稳住，想起她居然跟林肯这么不一样。林肯的小身板儿那么结实，而这女孩的骨头摸着像瓷器，像吹制的玻璃器皿，像是茶杯上的把儿。

这女孩摸上去像所有珍贵而脆弱的东西。琼不知道她为什么直到现在才看到这一点。如果她不能看清楚面前的这个女孩，她肯定就不能看清楚任何事。这个女孩，头发上绑着红丝带，腿像折纸手工，会做炸鸡，父亲会为她流血。

“你藏起了他？”凯琳重复道。

“他们当时正往那儿过去。”琼说。她的视线有一点模糊。

她稳住自己，把裙子攥入手中，撩起。她往下看，看见脚下有松针，可是她再也不能感觉到穿鞋的那只脚和不穿的那只有什么不同。这可真不错，痛感迟钝会很管用。她跑起来，感觉很好，就像跑完九或十英里之后的感觉，仿佛身轻如燕，心思可以做到什么也不想。只不过她跑得踉踉跄跄，时不时撞上树。她必须身心合一，因为这身体现在是有瑕疵的。

“我们会找到他。”她对凯琳说。

“我们会找到他。”凯琳也对她说。这女孩跑动的时候，头发在上下摆动。琼想起还没准备好说什么，除了包威尔太太的名字，就一径跑到枪手那里去，是多么可怕的计划。她怎么会觉得就会有某种护身符，某种魔力之剑，可以征服罗比·芒特格姆瑞？她很庆幸她和凯琳都没死，真的没死，那么，也许她的计划并不是那么不堪。

琼感觉不到身体的其他部分了，除了她的腿。疼痛直袭臀部，她不得不跳来跳去。她依然在跑，没有什么看起来是熟悉的，但正如恐慌是自自然然到来的，她也终于看见了树丛间悬挂的蜘蛛——只不过是没有形状、难以名状的发光的一团——她冲它跑过去。她轻轻地、缓缓地叫出了林肯的名字。她离他的藏身之处十英尺远了，五英尺远，她再次叫出他的名字。

没人回答。

“他当时在这里？”凯琳问。

“他在这里。”琼说。

她走到蜘蛛那里，伸出手去，拍了拍蜘蛛的一条腿，让蜘蛛摇摆起来。她可以确定这就是刚才那只蜘蛛。她扫视了一遍树丛，以及灌木丛——哪一丛是她安顿他的地方？

那边。她认为是那边。

远处的枪声慢下来了，像是快要爆好的爆米花。

她跑到认定的那丛灌木那里，但从某种程度上，她是在爬行，到她可以够到枝条时，她的头已经贴地，膝盖深入了泥土。她抬起枝条，往下方窥探。

他没在。

"林肯？林肯？"无论如何，她喊叫着，无法从空荡荡的泥土和空荡荡的枝条间别开视线。他没在那里。

"林肯？"

她想要大声一点，但她的声音不管用。她站起来，开始选择一个方向，刚要迈步，又停下，试着另一个方向。

她想不出该怎样找到他。她没有可寻迹的模式。他从来都不会四处游荡。他总是牵着她的手。她只弄丢过他一次，在市场上，而半分钟后她就找到了他。

"林肯？"她悄声，这一回更轻柔了，而不是更大声。

"林肯！"

她尖叫。突然间，她的声音管用了，他的名字被喊得响亮而长久，她才不在乎是不是有人听到呢。凯琳也在喊他的名字，找他。

他的男孩一直都非常听话。无论他在哪儿，他现在都没有发出任何声音。她如此确定，他太害怕，而不会冒险出来，但她错误判断了他，那怎么解释现在的情况呢？

还有她没有考虑到的可能性。

只要她还在走动，就不用考虑到那些可能性。

她于是绕圈跑，一圈比一圈大，围绕着她安顿他的那丛灌木。她重重地朝前跌倒，手掌贴地。随后，她爬起。

琼看向灌木丛的底下，把手够向每一根拂动的枝条，她又经过了那只摇摇晃晃的蜘蛛，经过了二十棵看上去相似的树。有一个被掏空了的树桩，有一长串覆盖在树苗上的常春藤。有一个钟形的没被点亮的塑料幽灵被挂在树上。

她停下来，换脚。她可以说，有什么不对劲。她摸了摸下方，意识到脚趾被血糊住了。但是她认为这不打紧。

凯琳还在附近的什么地方，喊着他的名字。

琼把注意力集中在地面上，这上面的落叶和朽木似乎无休无止，但现在她盯着地上看，她能看出一些不一样的细节来。借着月光足以看清蘑菇和麦冬草。一只上下拂动的气球依然被系在树上。一只塑料制的女巫的大锅，被翻转过来，锅底磕里磕巴的。一长串白色的灯切穿了黑暗。她避开了灯光，掀起了一棵柳树的枝条。她又一次经过了被常春藤覆盖的小树苗，拉开藤蔓。藤蔓非常密实——密不透风——他不可能藏在里面。

她的心中百转千回，无法言说。她想要呐喊，想要尽情挥拳。然而，她不会让这情绪释放出来。

她又一次看见了发光的蜘蛛，现在看起来它只是树丛间的一个模糊的形状。她回头望望所有经过的东西，有那串无意义的白色的灯，她看见一团可能是枯死的紫藤一样的东西。她朝紫藤走过去，那东西足够宽广，可以藏下他。她左边不远处还是那口女巫的大锅，这一次，她看见了第一次没看见的东西。

她大声喝令自己止步。

大锅的锅底凹凸不平，这意味着下面可能有什么。这凹凸可能意味着它罩住了一只小脚踝，或是小脚丫。

我是一只乌龟。我是一只乌龟。我是一只乌龟。

她想起他藏在褥子下面，头伸出来的样子。

她当即就知道自己猜的是对的，随之抬起大锅——她知道她跟随了自己心中某根苍白的线，直连到他的心中。他们之中有不计其数这样的线，心心相通，这些线告诉她，他什么时候饿了，什么时候要哭，它们告诉她，他会喜欢用蘑菇做小小宇航员的靴子的主意。有时候，这些线变得纠缠：毕竟，它们告诉她他会乖乖待在灌木下。但这一根线是完美的，柔软而温暖，就像萨基的毛皮，银光闪亮，如托尔的头盔——这根线牵引她来到他身边。

她一只手端住廉价的塑料大锅，在下方，他蜷成一个球，仿佛一只布丁卷。这姿势来自她记忆中小时候学习过的龙卷风应急训练，一模一样。他的胳膊缩在头的下方，他没有抬头看看。

她把大锅扔到一边，跪了下来。

“林肯？”

“妈咪。”他说，一边抬头看着她，一边微笑。她的身体又不管用了。她甚至都够不到他，而他挪动了，这导致她也开始挪动。她扳住他的身体，把他拖过落叶，他背对着她，如此温热，如此沉实。

有了她，她刚才的激动难捺烟消云散了。她用一只手上上下下抚摸着儿子——他刚才的声音听上去足够平静，但他的脸却湿漉漉的。

“你知道我刚才扮作了什么？”他对着她的耳边问。

最开始，她都无法说话。她咽了一口唾沫。

“乌龟。”她回答。

“对了！”他悄声说，开心得不得了，一边把双手埋入她的头发里。“你怎么这么湿？”

他把手从她湿答答的头发中抽出来。她把他的手攥在自己的手里，抱住他。她已冷入骨髓，却从没觉得这么欣慰过。

“我掉进溪里了。”她说。

“哦。那些吵闹声是什么？枪？更多的枪？”

她几乎停止了聆听枪声。

“警察在这儿。”她轻言道，“刚才我叫你名字的时候，你为什么不回答呢？”

“我刚刚没听到。我消失了。”

她把重心移到膝盖，她抓着他的手，因为她不确定她能不能把他牵起来。他们也许应该回到动物园的前部去——显然，无论刚刚发生过什么，如今都已经停止了。

“他还好吗？”凯琳说。她已经来到了他们后边，气喘吁吁的。

“是的。”琼跨了一步说，“他挺好的。我们走吧。”

当这女孩在她旁边也站起身来，她注意到了凯琳头上的落叶。

“怎么了？”凯琳问。

琼不知道女孩为何要问，但她注意到了她再次跪了下来。起初她有点困惑，因为这地面的潮湿感。

实际上，是她受伤了。

她听有人说过他们感觉不到被枪打了——是谁说的来着？

真实的人还是想象中的？此刻，她却是能够感觉到被子弹击中的。这让她想起在她还很小的时候，被父亲不小心把她的手猛地夹在了后门的门缝中——当时他不知道她在他身后——那种痛是如此宏大而尖锐，以至于她都感觉不到痛是从哪里开始的。

凯琳紧抓住她的手，拽着她。琼往下看，看见血快速地从腿中涌出，她都能看到血在地上流成了一小摊。

凯琳不再拉拽她了。

“哦。”这女孩说。她的脸离得如此之近。她的手指变得轻柔，“哦。”

琼的腿无法动弹。但她还能听见树林里依然有脚步声，并不太远，她也不确定枪声是不是真的停止了。

待在这里不安全。

“带上他。”她对凯琳说，一边朝林肯点头。“快点回到展区去。坐在什么地方，等警察来救你们。”

她喜爱那样一幅景象。不是树林中影影绰绰的警察，而是一排坚实、安全的穿着制服的男人和女人，不见枪。他们会告诉她儿子这些都结束了。他们会让他安全。他们将找到包威尔太太，并照顾好她的膝盖。他们会检察每一个凹处，每一个裂缝，每一个垃圾桶。他们会抱起一个婴儿，找到一位母亲，孩子和母亲当然会重新聚首。这一整件事当然会有一个结局。

林肯的两只手紧紧抱住她。

“不。”他说，一边摇头，大睁着眼，“不！”

“走吧。”她对他说，把他从身边推开。接着她又拉回他，因为她忍不住，忍不住不先抱他一会儿就让他走。她单膝跪着，另一条腿撑在身后。她张开胳膊环住他，脸贴在他的额侧。她吸入他的气味。他的气味总在变化，却始终如一，如今像是面包的味道。她竭力要让自己身体的每一个细胞都记住——他摸着她头发的手，胖乎乎的脸上软软的皮肤，妈咪——如果她可以永远保留什么在身边，那就是像如今这般，对他的感觉。

“你是我的小男孩。跟凯琳走吧。”不，她意识到，这不公平。他需要的不只是离开。他需要理解。“甜心，现在这段时间，我需要等在这儿，直到医生到来。”

他在哭。

她让自己放开儿子的手指，放开儿子整个的身体，即使她忍受不了这一刻——这一刻，儿子的皮肤仿佛已与她的化为了一体。

“我想要跟你在一起。”他说。凯琳伸手过来，牵起他的手，叉住他的手指。他答应跟她一起走，一边用自己的方式颤抖着说“好吧”。而她觉得天旋地转。有好长一段时间，她脑中一片空白，无法集中精神，随后她的眼睛又睁开了。

此刻，挂在树丛间的那串灯对她而言如此美丽。她都不知道为什么以前没有看见。它们像是用白色绳子串起的珍珠或月亮，远处有一个鲜橙色的球，红色和蓝色的灯光在某处闪烁，反射着树木。

她依然跪着。不，是趴着。她很快就会起来，但有那么一阵，她注视着林肯牵着凯琳的手在跑。他比她预想的动作要利索，以她喜爱的他惯有的姿势笨拙地跑，脚飞到一边。他跑的速度不算快，路线不直，但他身体的每一个部分都在动——肩与脚与手和肘，没有规律地扭动。她的小男孩，他可不是为空气动力学而生的。

她尝到了血。也许她又一次咬破了嘴唇。

他抵达得越远，看起来越大，她足够清醒地意识到这是不对的。可是他已经填满了她面前的整幅视线。他遮住了棵棵松树压低的树枝。只有他。以及灯。明亮的灯跨过天空，就像她六年级时五月花柱上的丝带。那一天她穿着淡紫色的裙子，抬头看着一端被她捏在手里的丝带，长长的丝带迎风而舞——注意了，姑娘们，负责这整场折磨的曼宁太太说，这可麻烦着呢——她和其他女孩一起编制着她的丝带，手一翩一飞，果冻粉颜色的丝带填满了天空。在每一根丝带的末端，都有一双手将其紧紧牵住——凯琳的手指就曾那样纠缠住她的裙摆，凯琳的手被林肯握住，丝带飘拂——那些灯现在就像这样。真美。

还有许多美丽的事物。要注意。

她的头发落入了嘴里，她猛地抽动了一下脑袋。她身下的地面湿漉漉的。

林肯。她不知道他现在在哪儿。她需要抬起头。

她的精神再度涣散，接下来，当她回头，她瞥见了他在远处的身影，他乱糟糟的发卷。他被一群穿黑衣的人包围着，他们都跪着。成年人努力不要在他面前显得有威压感，真好。但她不是很肯定他是真的在那里跟警察说话，还是这仅仅是她甜蜜的幻想。

这个故事讲的是一个叫史蒂夫的小男孩，他长大后会成为一名骑手。

这个故事说的是机器人和激光。

这个故事说的是我何时结婚的。妈咪。我要有妻子了。她的名字就叫露西。我会有五个儿子和五个女儿，他们都长在我的肚子里，不是她的。我就像海马一样。

她想要聆听他的故事，她会闭上眼睛，更好地听他讲述。

她需要将眼睛紧闭，因为光线的丝带太明亮。

不是丝带。是一处灯。

一个人拿着一只手电筒，向她倾过来。“女士？”他说。

他现在跪下来了，灯灭了。“你现在没事了。”她感到有东西紧紧地贴在她腿上。“你坚持片刻。马上就会有救援过来。”

他穿着一件深色衬衫，胸前有什么东西在闪亮。她觉得他有可能是西蒙先生，她五年级时的一位老师。西蒙老师朗读过她写的一篇随笔，告诉她，有一天，她会出名的。

“林肯。”她说。

“你儿子？”

那个人把她的头发从脸上拂开，他的动作如此轻柔。

“黑发的那个小家伙？”他问。她的眼睛闭着。她马上要睁开眼了。

“林肯。”她说。

她觉得自己说了。

她想，时间在流逝。她感觉到自己被抬起来，被抬高。有各种人声，但他们都没在说真正的词语。有更多的灯光。她的周围，有人影在动。

她感觉到有小小的手指触摸着她的手。

她轻轻地调整了一下身体，林肯的小手塞到了她手里。她觉得他说了她的名字。她觉得她能感受到他的呼吸，暖融融的。她感受到他的皮肤贴着她的，他的指尖在她的手掌上轻弹，他跟她讲述着他听过的每一个故事。

致谢

给我的朋友劳拉·蒂斯代尔，她更新了我荒唐的梦想——有一天，我也许会发现一名了不起的编辑，这位编辑在睡衣派对上还能表现得非常有趣。这就是这一整个过程看上去的样子——一场了不起的、远距离的睡衣派对。弗兰基·格雷和安妮·柯林斯都帮助打磨了这部书稿，让它变得更好。我要着重感激吉姆·威瑟斯彭，谢谢他告诉我要让事情更复杂，从总体上来说，谢谢他让这本书的技巧与魅力做到了妙不可言的联结。威廉·寇勒翰对本书进行了智慧而深思熟虑的阅读，给我提供了非常有帮助的反馈，让这本书终于变得更加丰满。谢谢你，杰森·韦克利，谢谢你关于枪支的知识以及相当有用的早期事实核对。同样地，我要对我弟弟戴伯尼说感谢，他给我解释了当你对不同目标射击时（谢谢你的山羊）会发生什么。

我要对我母亲吉娜·卡耶·菲利普说感谢，谢谢她四十年来对我讲述的所有故事。谢谢汉娜·沃尔夫森，她的早期谈话对我很有帮助。谢谢唐尼·菲利普的猫猫大冒险。我也想要承认我参考了玛格丽特·怀兹·布朗的《晚安，月亮》，阿尔弗雷德·诺耶斯的《公路响马》（The Highwayman），以及罗伯特·布劳奇的“那该死的火车”。

最后，我要对弗雷德说感谢，他是最好的丈夫，最好的读者。

图书在版编目（CIP）数据

她的骑士男孩 /（美）金·菲利普斯 (Gin Phillips) 著；
高源译．-- 南京：江苏凤凰文艺出版社，2019.5
书名原文：FIERCE KINGDOM
ISBN 978-7-5594-3188-2

Ⅰ．①她… Ⅱ．①金… ②高… Ⅲ．①长篇小说－美
国－现代 Ⅳ．① I712.45

中国版本图书馆 CIP 数据核字 (2019) 第 008762 号

她的骑士男孩

（美）金·菲利普斯（Gin Phillips）著　高　源 译

责任编辑　唐　婧　黄孝阳
装帧设计　尚燕平　姜　楠
责任印制　刘　巍
出版发行　江苏凤凰文艺出版社
　　　　　南京市中央路 165 号，邮编：210009
网　　址　http;//www.jswenyi.com
印　　刷　北京富达印务有限公司
开　　本　880 × 1230 毫米 1/32
印　　张　10
字　　数　160 千字
版　　次　2019 年 5 月第 1 版　2019 年 5 月第 1 次印刷
书　　号　ISBN 978-7-5594-3188-2
定　　价　45.00 元

江苏凤凰文艺版图书凡印刷、装订错误可随时向承印厂调换 010-83670070